喜歡本大爺的竟然就妳一個? 2

orewo sukinanoha
omaedake kayo

作者
駱駝
illustration
ブリキ

Kadokawa Fantastic Novels

「咦咦！
花灑拿得到
全學年第一名哩？」

翌檜／羽立檜菜
吃驚或興奮時說話就會跑出津輕腔，是「大爺我」班上青森縣出身的同學。這個綽號的由來，是因為把她的姓氏組裝起來就會變成「翌檜」。她是幹練的校刊社編輯社員，情報收集能力極為驚人，說校內發生的事情十之八九她都知道也不為過。

「嘻嘻嘻！早上還是要跟花灑一起走才對！」
葵花／日向葵
「大爺我」的同班同學兼兒時玩伴。葵花這個綽號的由來，是因為只要把她的本名換一下順序就會變成「向日葵」。是網球校隊的王牌球員，「只有」運動神經很出色。還有，她是個傻妞型賤女人。

「如果不介意，還請讓我也加入……」
Cosmos／秋野櫻
「大爺我」的學姊，擔任學生會長。Cosmos 這個綽號的由來，是因為從她的本名抽掉一個字就會變成「秋櫻」。是個外表冷豔，校內名聲又好的模範生，其實很廢又很少女。

Pansy／三色院菫子
圖書室的主人。Pansy這個綽號的由來，是因為把她的本名省略兩個字就會變成「三色菫」。這個名字乍聽之下很上流，但她根本「超土的」。畢竟戴眼鏡又綁辮子，且不知為何只對「大爺我」超 毒舌！
「不行的，花灑同學。不要啦，放開我……我真的已經……到極限了……」

當 Pansy 解開辮子，拿
下眼鏡，鬆開纏胸布時，
說我對這女人容貌的評
價曾就此有一百八十度
的大轉變也並不誇張。
我想要的東西再簡單不
過，就是「看到這女人
真正的模樣」……然而，
從「那一天」之後，她
一次也不曾在我面前露
出真正的模樣。
這女的真的
喜歡本大爺嗎？

contents

Kadokawa Fantastic Novels
orewo sukinanoha omaedake kayo
喜歡本大爺的竟然就妳一個？
2
作者
駱駝
illustration
ブリキ

妳來見本大爺

第一章

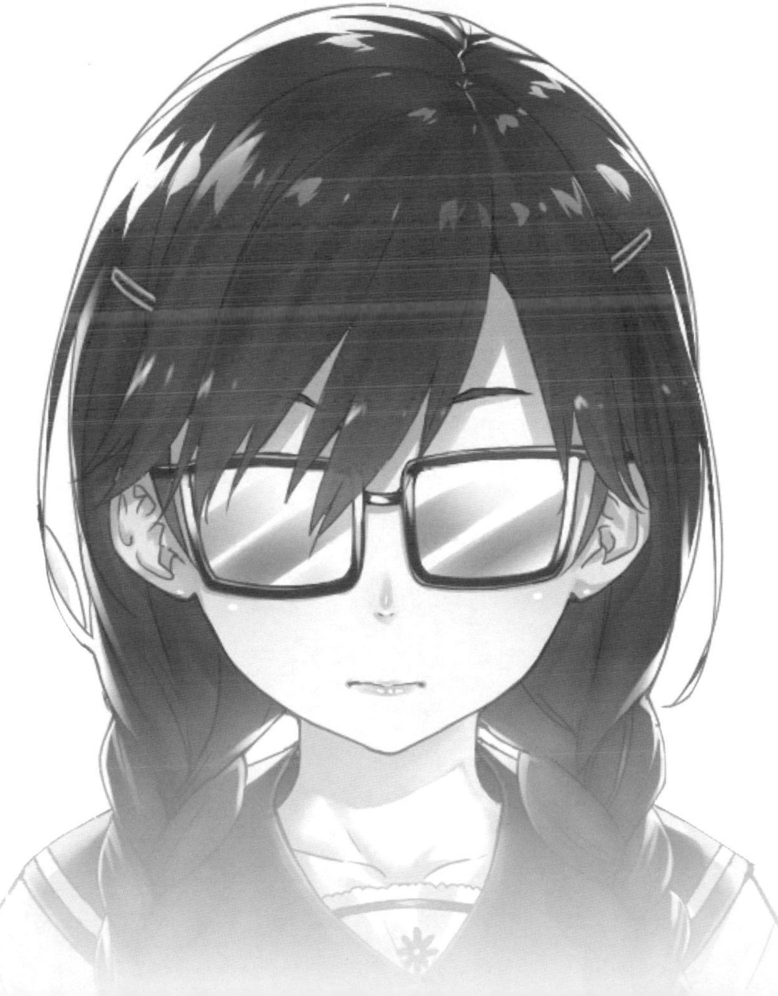

「想也知道妳是故意的好不好！妳這個混帳洗衣板辮子眼鏡女！」

時值午休時間，地點在圖書室的閱讀區。大爺我——花灑，也就是如月雨露，站了起來，對站在正對面的女子吐出了我卯足全副身心靈的吼聲。

「哎呀？我只是學你使使壞而已，你卻說得這麼過分。」

和我對峙的女子——Pansy，也就是三色院堇子，對我的吼聲顯得絲毫不放在心上，在我身旁的椅子上輕輕坐下。

「妳對我的所作所為要過分得多啦！」

……好，如果只看這個狀況，我也許會像個沒頭沒腦亂吼女生的混帳傢伙，但還請各位等一下，這樣想就太武斷了。

我的小家子氣，的確是眾所周知。

但即使我格局小，總不會毫無理由就吼女生。

所以，首先請讓我簡潔地說出理由來。

是因為這女人要我舔她穿的室內鞋。

我要她「讓我開心」卻換來這種結果，想也知道我當然會生氣了。

從常理推想，女生聽一個喜歡波霸的健全男生說「讓我開心」，會靦腆地拿室內鞋給男生舔嗎？答案是不會！萬萬不會！

「今天我再也忍不下去了！」

從第一集的序章就一再按捺下來的怒氣，終於就要在此刻爆炸！給我認命吧！

「……你說得對。對不起。」

「妳這女的就是……什麼？」

喂，發生了意料之外的稀有事態了耶。

每天無論我如何講大道理，無論我如何暴跳如雷都絕對不會反省的 Pansy……這樣的 Pansy……這可不是說出道歉的話了嗎！

「幹嘛啦……突然給我道歉……」

Pansy 基本上根本不會反省。她頑固又任性，一有什麼事情不順她的意就會鬧起彆扭。然後她鬧多少彆扭就會乘上多少倍，換算成對我找碴的倍數，是個最強最可怕的女人。

這樣的女人竟然會對我道歉……我看明天可能會下起長槍雨啊……

「我有說錯嗎？我明明懂得你真正想要什麼，卻做出完全不一樣的事……而且還是故意惹你不高興，怎麼想都是我不對。」

我想要的東西再簡單不過，就是「看到這女人真正的模樣」。

Pansy平常綁著很不起眼的辮子，戴著土得要命的眼鏡，胸部像洗衣板一樣扁，是個扣分要素鐵三角應有盡有，抱歉到了極點的昭和女子，但其實這女的有著另一種面貌。

看到她那種面貌時，我就是會「開心」。

「我真的好差勁……明明知道只有一個方法可以讓你開心……」

當Pansy解開辮子，拿下眼鏡，鬆開纏胸布時，說我對這女人容貌的評價會就此有一百八十度的大轉變也並不誇張。

一頭絲絹般柔順的半長髮、柔和的眼眸、清秀的鼻子和小巧卻可愛的嘴唇。

再加上把這一切襯托得更加完美的美妙身材。

坦白說對我而言，（扣掉個性不算）全世界最美的女人就是這女的。

……雖然就算殺了我，這句話在她面前也說不出口就是了。

附帶一提，被這種理想女人的美貌騙得一愣一愣，一週前甚至做出「每天要來圖書室」這種約定的King of 笨蛋，其實就是大爺我。

從那之後，我不曾看過她的那種模樣，卻還每天乖乖到圖書室報到，所以實在是希望可以得到點回報。

廢話少說。

「喔、喔喔……」

總之，Pansy這種太令人意外的態度讓我一肚子毒氣都洩了，不由得坐到了椅子上。

「不過，我有幾句話想讓你知道。」

哇……她反省的眼神裡怎麼好像找回了活力，一直看著我耶……

毒氣洩掉了，換成不祥的預感大管大管地灌進來啊。

「……幹嘛啦？」

「就是最喜歡你的我，心裡的想法。」

在這個時間點，各位敏銳的讀者可能已經猜到，Pansy她……令人難以置信的是，竟然發下豪語說她喜歡我。

「妳心裡的想法？」

至於我，則發下豪語說（除了外表以外）我最討厭Pansy了。

各位讀者想問我為什麼會討厭這麼一個其實很漂亮的女生？那當然是因為這個女人的個性……

「是啊，如果是花灑同學，就算被你用像是豬討飼料吃的眼光看到那樣的我，我也不在乎。因為，這不就和平常一樣而已？」

答案是因為她就像這樣，在正常駕駛模式下就會對我噴毒，個性煞氣到了極點。

這世上到底哪裡有會把喜歡的男人當豬看待的女人呢？這裡就有一個。

「可是，我不想被其他人看到我那種模樣。如果在圖書室，說不定就會有人來。所以，在別的地方讓你看我那個模樣，你覺得怎麼樣？」

「妳說哪裡有這樣的地方？」

Pansy 眼睛一亮，彷彿就等我問出這個問題。

「我想想。要能夠只有我們兩個人獨處，不會有任何人來打擾的地方……正好有個地方很合適。」

「在哪裡？」

「就是你的房間。」

「真的假的……妳比我想像中更悶聲好色……痛死啦！」

這一瞬間，從 Pansy 右手飛出的一本書對我的臉造成劇痛。

我眼眶含淚地看清楚這凶器，發現上面寫著《法布爾昆蟲記》。

「花灑同學有色色的誤會，所以我決定法布你一下作為處罰。我只是想去你家玩。用常理推想也該知道吧？」

我說啊，拿「法布」當動詞，應該是指「拿芳香劑（註：取自知名芳香劑品名 Febreze）噴一噴的行為」，絕對不是「把《法布爾昆蟲記》當成凶器來使用的行為」。照常理推想也該知道吧？

「竟然能去你房間，讓我滿心期待呢。」

她絲毫不理會我痛得說不出話，仍然不改平淡的口氣，雙手在胸前用力一握。

我就好心讓妳知道，不是什麼事情都可以用妳拿手的正向思考進行下去的。

「痛痛痛……絕對不要來。」

「這是為什麼呢？為了對你父母強調我的時尚與清純感，我都有好好準備和現在穿的黑襪不一樣的白襪，一點破綻都沒有啊。」

根本上各方面都有著太大的破綻。

「我再說一次，絕對不要來。」

「哎呀，你該不會是指裙子的長度？真沒辦法。那我就比平常再弄短個兩公分……」

「要我說幾次都行。絕對不要來。」

「……好過分。」

嘿，妳以為垂頭喪氣，我就會准妳來？怎麼可能？

不要命的就把 Pansy 放進房間試試看，想也知道反正絕對不會有什麼好事。

我各種不想被別人知道的興趣嗜好都會被拆穿，日後就被她拿這些把柄來取笑、羞辱……啊啊，還是別再想下去了，愈想愈覺得不寒而慄。

「好嘛，有什麼關係嘛？」

「怎麼可能沒關係？」

不認命女 Pansy 連人帶椅挪動到我身旁。

這讓她身上獨特的溫和香氣刺激我的鼻孔，但我不會就這麼被騙。

「只要你對我好，說不定等著你的就會是很棒的獎賞喔。」

喔喔？妳說這話時，還拿起芥川龍之介的《蜘蛛之絲》猛翻頁給我看？

也就是說，垂下一條通往天堂的絲……但這只是假象。

「總覺得最終我還是會掉進地獄，是我想太多嗎？」

「你放心。在那兒等著你的是我。」

這世上哪裡有高中男生能夠放心讓自己的房間化為地獄？

「是嗎？妳不用等了，乖乖回家去吧。」

「……求求你。我好想去你房間。」

Pansy抓住我的制服衣襬，用力拉扯幾下央求我。這非常煩。

「囉唆。妳這樣很煩，給我趕快死心。」

「……是嗎？我知道了。」

Pansy表現得比剛才更沮喪，從我身上放開手。妳用這種外表沮喪又有什麼用？

「那麼，非常遺憾，但我會放棄去豬舍。」

好。既然讓她說出了這句話，我的勝利就可以確定了齁齁。

雖然不知道Pansy是有什麼堅持，但她對我絕對不會說謊齁齁。

這女人很多神祕的地方，但只有這點是可以信用的齁齁齁齁。

「妳就該這樣。我雖然喜歡妳真正的外表，對妳的內在卻討厭得要命。」

「我會照辦的。我雖然不怎麼愛你的外表，對你的內在卻喜歡得要命。」

這女的是不是真的喜歡我，在很多方面都令人起疑，不過就別管這些了。
現在我該讚揚自己的功勞，沒讓自己的房間淪為地獄。
「那我要走啦。」
好了，今天反正不會有機會看到這女人的那個模樣了，還是趕快逃命吧。要是繼續待在這裡，我的房間淪為地獄的可能性就會不斷竄升。
「好的。謝謝你今天也陪我一起聊天。我非常開心。」
我從椅子上起身，走向圖書室的出口，Pansy 就對我心滿意足地這麼說。
我可只有滿滿的不爽，這種狀況真令人不痛快。

*

「唉……」
我離開圖書室後，在回自己班上的途中忍不住嘆了一口氣。
至於嘆氣的原因，倒不是出在 Pansy，而是出在我班上。
以往我一直偽裝自己的個性，扮演一個遲鈍純情ＢＯＹ，想受大家歡迎。但不巧的是這個計畫失敗，如今我的這個個性已經完全敗露。到這一步，原因都還是自己沉不住氣，所以我還能夠接受，但我連誆騙本校兩大美女的嫌疑都不小心給弄到手，在校內失去立場，就實在是很難受……然而，這也不是我嘆氣的原因。

因為這些嫌疑已經洗刷乾淨，除了別班和別學年……還有一小部分人以外，班上同學都已經接受了我的這種個性。

「啊，花灑！可以耽誤你幾分鐘嗎？」

看吧？我這樣一回到教室，就有班上同學會來找我說話。

要是我還被討厭，可不會有這種事。

「怎麼啦，翌檜？」

這個對我展現開朗笑容的女生是羽立檜菜，通稱「翌檜」。

把這丫頭的姓氏縱向拼在一起，就是「翌」，然後加上名字裡的「檜」變成「翌檜」（註：羅漢柏的日文名稱），就是這個外號的由來。她額頭略寬，綁著微微過肩的馬尾。迷人的垂眼醞釀出一種樸素的可愛，是個暗中頗受部分男生歡迎的女生。

「其實啊，我現在正為了寫要在校內發的報紙報導，在做問卷調查！然後，我有問題要問花灑！我就直接問了，你對期中考有多少信心！」

翌檜參加校刊社，所以有時候會像這樣用問卷調查的形式收集用來寫報導的題材。她歪著頭，面帶笑容把紅筆當成麥克風遞過來的模樣有點可愛。

還有除此之外，這丫頭另外有個非常有趣的地方。

「那還用說？當然是拿下全學年第一名啊。」

「咦咦！花灑拿得到全學年第一名哩？」
就像這樣，翌檜吃驚或是情緒亢奮的時候，說話就會跑出津輕腔。
畢竟她是青森縣出身，直到國中時代都還就讀青森市內一間位於某個有猴子和鹿的公園附近的學校啊。所以平常她都會用敬語說話以免露出津輕腔。
「開玩笑的。」
「真是的！請不要嚇我好不好！那麼，實際情形怎麼樣？」
她臉頰都紅了，撇過臉去掩飾自己忍不住說出津輕腔的羞恥，再度問起同一個問題。再捉弄她多半就會被罵，所以還是先自重吧。
「我有把握不至於需要留校補修。」
「是這樣啊？也就是說，班上沒有自信的人似乎就只有一位了啊。」
翌檜用紅筆迅速書寫，顯得心滿意足。
看來我是這次問卷調查問到的最後一個。
「是喔……就只有一個？」
「對啊！倒是我看你，似乎知道這一個人是誰啊？」
「算是啦……不就是她嗎？」
我一邊回答問題一邊僵硬地轉動視線，翌檜也就跟著僵硬地轉頭。
視線所向之處，有一名女學生正眼眶含淚地和筆記大眼瞪小眼。

「嗚嗚～～！人家不懂啦～～！」
這個抱著頭望筆記興嘆的，就是我的兒時玩伴葵花——日向葵。
她還是一樣有張可愛的臉，表情卻沮喪到了極點。
「完全正確！班上唯一回答沒有自信的就是葵花。」
「這可謝了。」
畢竟葵花很不會念書啊。
若說會有誰回答沒有自信，那也就只有她了吧。
……而流落到會像這樣事不關己旁觀的立場，讓我覺得有點揪心。
「唉……傷腦筋……這樣下去就得留校補修了啦，怎麼辦……」
本來我從國中時代就一直教她功課，是覺得這次也應該教她，但某個事件的影響，讓我們現在的交情沒有好到可以讓我教她功課。
不過如果她主動說要我教她，倒也不是不能考慮啦……
「是不是該請誰來教我比較好呢～～……！」
葵花說著這句話在教室內掃動的視線忽然當場定住。因為她的視線和我對上了。
然後她也不撇開視線，就這麼用無力的眼神朝我看過來。
……這該不會……就是那麼回事？既然這樣……
「我說啊，葵……」

「那葵花，我來教妳功課！」

喂～～！翌檜搶在我前面，跑去葵花那邊了啦！

「呃……翌檜……沒關係嗎？」

要是再早一點下定決心，說不定葵花依靠的人就會是我了！

「被妳這樣盯著看，我哪裡還能放著妳不管！妳哪裡不懂？」

「啊……嗯……謝謝妳！呃，這裡跟這裡不懂……」

「了解！那我就來講解吧！這裡呢……」

可惡。憑現在的我和葵花之間的關係，要加入實在有困難啊。放棄吧。

教葵花功課的人不是非我不可……我說不是就不是！

「啊！糟糕！葵花，請妳等我一下！」

「嗯、嗯……知道了。」

我正發呆看著她們兩人，翌檜就想起了什麼事情跑回我身旁，把臉湊到我耳邊。這個動作讓一陣蘋果般的洗髮精香氣刺激我的鼻子，讓我有些怦然心動。

「花灑，回答沒有自信的人是只有葵花，但另外還有一個人其實顯得沒什麼自信，卻逞強回答有自信。如果不介意，你要不要去教這個人功課？我覺得這拿來當成開口說話的機會還挺不錯的。」

「啥？」

「那我就先告辭了！葵花，久等啦！」
翌檜最後朝我可愛地眨了眨眼，回到葵花身邊去了。
這樣啊……另外還有一個其實沒有自信的傢伙……
「該死！這可和滿壘無人出局差不多難纏啊！」
彷彿要呼應我的念頭似的，另一個地方傳來一個男生說話的聲音。
我對這句話起了反應，轉頭看去，就看到有個人面向桌子念書。
也是啦，翌檜所說的「其實沒有自信的傢伙」，應該就是他了吧。
因為個性不認輸，嘴上回答「有自信」卻陷入苦戰的傢伙……
對他，我也是從國中時代就一直教他功課啊。
好，難得翌檜幫我製造了機會！這次我一定要把握！
「喂～～小……」
「小桑，要是覺得考試會不太妙，我來教你，我們一起加油吧？」
喂～～路人男生！你這小子，幹嘛搶在我前面跟他說話啊！
這豈不是害我失去找他說話的機會了嗎！要知道我也是路人，可沒有力量硬要加入啊！
「嘿！你在說什麼鬼話啊！期中考這種小事，如果不靠自己一個人撐過去，還算是什麼男人！」
這個用熱血笑容拒絕班上同學幫助的男生是小桑——大賀太陽。

他是棒球校隊的王牌，也是個很適合剃平頭的熱血男兒。

從國中時代就跟我很要好，是我……「曾經的」好友。

我想只要看到「曾經」這個字眼就會猜到，我和小桑的感情現在非常不好。

導火線就是一起發生在從四月中旬到下旬這段期間的大事件。

不，即使沒有那件事，相信我們的交情也遲早會瓦解。

畢竟小桑從以前就一直對我懷抱恨意啊。

他記恨的源頭是在國中時代，因為他喜歡的女生喜歡的男生是我。

聽說小桑明知這個事實，卻仍拚命追求那個女生，但世事無常，到頭來，對方還是不接受他的心意。小桑因此轉而恨上了我，一直暗中伺機要陷害我。

而這一刻就在今年的四月來臨，小桑對我設下了一個圈套。

我完完全全上了他的當，在光天白日之下，敗露了我對大家偽裝成遲鈍純情ＢＯＹ的實情，得到了全校最低的地位。

這就是徹底粉碎我重要交友關係的事件概略情形。

然而把我從這種困境中救出來的，卻也是小桑。

幾經曲折，最後小桑在全班同學面前光明正大地招出了自己所做的事，甚至深深磕頭道歉：「對不起，我騙了大家。」洗刷了我的嫌疑。

但不巧的是，他道歉的對象是「我以外」的全班同學，我並不包括在內。

小桑終究只是把帳算清楚，並不是跟我和好。
另外，小桑這實實在在的道歉沒有白費，他並未失去在校內的地位。
所以他也同樣得到大家的原諒，和班上同學處得好好的。
事件就這樣算是得到了解決，但還是留下了很大的禍根。
抱歉讓各位讀者久等了，這才是我嘆氣的原因。
從那次事件以來，我和小桑的關係是不用說了，被牽連進來的幾個人跟我之間的交情也變得糟糕透頂，其中之一就是葵花。
我們明明同班卻故意避開彼此，沒怎麼好好說話。
所以我只要待在教室裡就是會覺得有點不自在，每到午休時間來臨的同時，就會逃命似的前往圖書室。
只是如果沒有跟 Pansy 之間的那個約定，我大概會去別的地方。
「謝謝妳，翌檜！我現在好清楚好清楚了！」
「好！比賽才剛開始呢！」
唉……虧我還打定主意，想說今天一定要跟他們說話呢……

＊

我在班會結束的同時拿起書包，踩著沉重的腳步踏上歸途。

本來放學後，我一樣會為了遵守與Pansy定下的「每天去圖書室」的約定而前往圖書室，但我今天不去。

因為剛才Pansy傳來簡訊說：「今天放學後我有事要辦。」

Pansy她啊，每次午休時間都待在圖書室，但放學後就是有時候會不在。

她說有事要辦，我是想像不太到，不知道她到底是在做什麼。

……算了，別想了吧。不管她在放學後做什麼事，都跟我無關。

「我回來了。」

我打開玄關的門，打聲回到家的招呼，但沒有人回應。奇怪？老媽出去了嗎？

我還以為她一定在客廳裡看她最喜歡的偶像DVD呢……

啊，對了，她說最近交了個格外談得來的朋友，也許就是去見這個朋友了吧……那就趕快回自己房間去吧。我鞋子一扔，踩著重重的腳步爬上樓梯。

一進房間就把書包一丟，然後制服也不脫就往床上俯衝！

「啊啊啊啊啊啊！真的是該怎麼辦才好啦～～？」

我把臉埋進枕頭，雙腳亂踢，用沒出息的姿勢喊出胸中的一切。

我呼喊的理由當然……不是Pansy，而是在學校處得尷尬的那幾個傢伙。

不管我怎麼堆砌藉口，心意都是老實的。坦白說，我想跟他們和好。

當然啦，當時我的確變得有夠討厭他們的喔，討厭得連他們的臉都不想看喔。

可是啊……說來說去，他們在最後關頭還是救了我。

所以，我既感謝他們也想跟他們道謝。也就是說……我想跟他們重修舊好啦！可惡！

尤其跟小桑更是絕對要和好。從國中時代算來，四年來我一直跟這個好友很要好，會想恢復跟他之間的交情，對我來說是極其理所當然。

可是，因為時機不巧等種種因素……不，就別找藉口了吧。

原因就是我自己退縮，只做得出一些不上不下的行動。

像今天也是，有充分的硬跑過去插嘴的餘地。

我之所以沒這麼做，是因為自己膽小。一想到我找他們說話，他們可能會不舒服，腳步就停下來，聲音也發不出來。我每天都這樣，什麼事都不做。

「唉～……該怎麼說，我好遜啊。」

要是有個什麼契機就好了啊……那樣一來，我也一定……

「雨露～～！我回來嘍～～！」

這時從一樓傳來的是老媽的聲音。看來她回到家了。

「喔喔，回來啦？」

既然這樣，我可得趕快去玄關才行。為什麼？因為這是如月家的規矩。

「有人回來時，待在家裡的人就要好好來到玄關迎接。」

這是爸為了維繫家人的感情而定下的規矩，至今從未有人違反過。

「我回來了。你今天這麼快就回來啦？那正好。」

我一下樓梯，就看見一名和小丸子的媽媽一模一樣的捲髮女性。

如月桂樹，是我化妝化很濃的老媽。

年齡是永遠的二十九歲。單純照算下來，她還會變成一個十三歲就生下我的猛者。

「喔，今天湊巧……啥？正好？」

「來，別那麼害羞，趕快，進來進來！我們一起看ＤＶＤ吧！」

咦？老媽帶了朋友回來嗎？既然這樣，等打完招呼後，我就趕快回房……

「呃……那……打擾了。」

「……喔啦？」

怪了？這個忸忸怩怩，客客氣氣進到我家的人物，格外像是我看慣的那個辮子眼鏡女，這是怎麼回事呢？我用力揉揉眼睛，重新看清楚，然而……嗯，她在。

啊啊！原來如此！是幻覺啊！I see,I see！

這可不行啊！我大概是精神上相當勞累了吧！今天就先睡了吧。

「真是的，董子妳不用這麼客氣啦！啊！雨露，我想你也認識，她是跟你上同一間學校的董子！你不是叫她 Pansy 嗎？」

哎呀，似乎連聽覺先生都發瘋了。真沒想到我會產生聽到老媽說話的幻覺。

要知道我可沒有什麼戀母情結喔。不過，也許我的內心深處正在向家人求救。
好啦！那就讓我朝房間 here we go 吧！
「雨露！你幹嘛想回房間！趕快，好好打招呼！」
幻覺先生，這太過火嘍？不要連老媽猛力揮手的動作都重現出來好不好？
「你好，花灑同學。」
辮子眼鏡式幻覺靦腆地微笑，朝我一鞠躬。
很有禮貌地脫掉皮鞋的腳上看得到白色的襪子。強調清潔感這點做得非常完美。
「真是的！不要讓堇子先打招呼好不好！你也趕快過來好好打招呼！」
「喔、喔哇！」
喂喂，我站在樓梯上發呆，就被老媽用力拉扯手臂。
真沒想到連觸覺先生也瘋成這樣……不，就別再逃避現實了吧。
雖然這事實非常令人遺憾，令人絕望。
「……嗨，Pansy。」
現在，我的家淪為地獄(Cocytus)了。
「我跑來了♡」
喂，妳以為擺低姿態吐舌頭就會可愛嗎？
「我、我說啊……老媽。老媽跟 Pansy，原來認識？」

「咦？我沒說過嗎？我經常跟堇子一起玩啊！我們大概三天就見一次面！」

該不會 Pansy 從以前就不時說有事要辦的事……就是這個？

「答對了。」

非常感謝妳表演功力不減的讀心超能力，請妳給我馬上滾回去。

「啊！糟糕！竟然在玄關聊起來，實在好失禮耶！妳來客廳！來，雨露也來幫忙做歡迎堇子的準備！」

老媽，妳等一下，我沒打算歡迎這個魔王。我們馬上送她走，就這麼辦吧。

「不、不了……我……」

「你在嘀咕什麼！趕快過來！」

「……好。」

這就是母親的強悍嗎……說來沒出息，但我完全不覺得自己有辦法違逆。唉……那就過去吧。

……然而在這之前，我無法不把憤怒發洩在身後的魔鬼身上。

「妳不是說過死心不來了嗎？」

「你只叫我不要來你的『房間』，可沒說要我別來你的『家』。」

「開什麼玩笑……這種歪理……」

「雨露，馬上過來！」

該死啊啊啊啊啊啊！

「啊，堇子，妳喜歡坐哪兒都行！雨露，你過來這邊幫忙！」

好，只要去幫老媽的忙，至少就可以暫時跟 Pansy 保持距離了！

「我也來幫忙，如月桂樹女士。今天我做了馬德蓮蛋糕來。」

她是不是不知道有一句話叫作愈幫愈忙？

「謝謝妳～～堇子！還有，既然都來到家裡，就不必用這麼見外的稱呼了！像平常那樣叫我『勞莉葉』！」

「我明白了，勞莉葉女士。」

給我等一下，打斷妳們聊天是有點不好意思啦，可是我可以問妳們一個問題嗎？

「請問一下，老媽……勞莉葉是什麼？」

「哈！都什麼時候了你還講這什麼話？如『月桂樹』所以就叫『勞莉葉』不是嗎？」

這種從自己的名字組合出花草樹木的名稱，取作綽號的行為……

難道說老媽……妳想占女主角缺？

麻煩先去照照鏡子，照了妳就會知道，燙捲髮、化妝又濃的主婦是做不來的。

「像蛋糕一樣甜～～蜜蜜的勞莉葉，要給你好看！」（註：「桂樹」與「蛋糕」的日文發音相似）

連登場台詞都完備！這大嬸是玩真的。

「呵呵呵呵，董子的馬德蓮蛋糕，好期待喔。雨露，你也很高興吧！畢竟之前我拿了馬卡龍回家後，你就吃得津津有味，還說了『我將來想跟做得出這麼好吃的馬卡龍的女性結婚！』呢。」

咦咦咦咦咦咦咦！看我說了什麼鬼話！

「哎呀，那我也非常開心。」

喂，馬上把妳臉上那幸福的笑容給我擦掉。我也曾把過去給擦掉。

「雨露，你把盤子放到手臂上，是在做什麼？」

「噢，我是想挑戰一下曉美式時空跳躍。」

「從外表上來說，應該是我比較能勝任吧？」

妳這個超劣化小焰給我閉嘴！妳的定位是ＱＢ！（註：曉美焰與ＱＢ均是《魔法少女小圓》的重要登場人物，前者在劇中曾多次穿越時空；ＱＢ則會以實現願望的代價，吸引有資質的少女簽訂契約，成為魔法少女）

我可絕對不會跟妳訂契約！啊！已經訂了！我已經跟她訂了每天去圖書室的契約！

……不對，現在不是這樣逃避現實的時候了！

「我說啊……老媽。」

如果可以，我不想說出這句話。可是，要避免老媽那邊繼續無謂地洩漏我更多情報，就非說不可。雖然總覺得現在才說也已經太遲了……

「什麼事啊～～雨露？」
「這個，我說啊，是有關Pansy。我可以帶她去我房間嗎？」
「……好害羞喔。」
不要忸忸怩怩，噁心。
「咦～～！不要！菫子要跟媽媽一起看DVD！不行☆」
老媽，用很少女的動作彈額頭是不行的喔～～！不行☆
「怎麼？還是說，你想跟菫子獨處？這該不會是說，你們兩個在交往之類的～～？好死相喔～～！勞莉葉，心臟怦怦跳～～☆」
自己說出自己的名字。被親生媽媽這樣搞的我，絕望力是53萬。（註：《七龍珠》中弗利沙的起始戰鬥力為53萬）
「不是，我才沒有跟這女的交往。」
「不是的，我只是跟他互許未來。」
「哎呀！是這樣喔？」
「哪有什麼互許未來！」
「我們約好了，明天也要在圖書室見面。」
「這未來也太近！」
不行。在廚房待愈久，狀況就愈是惡化。

得想辦法把 Pansy 弄到我房間去……應該說得想辦法把她和老媽分開……

「可是，也對。如果這個時候能讓雨露和堇子培養感情，將來堇子叫我一聲媽的可能性也就……不是沒有啊……」

怎麼可能會有……可是，狀況緊急，無論什麼理由，我都非得拿來利用不可。

「我、我就說吧？妳想想，就算是為了這個目的好了，我也應該帶 Pansy 去我房間看看。可以吧？」

讓敵斬肉，斷敵之骨。我萬萬沒想到會有這麼一天，得在現實中做出這樣的事。

哇……老媽偷笑得有夠明顯的啦。她絕對會錯意了啦。

「真拿你沒辦法啊。那今天媽媽就為了你忍耐一下！」

謝謝妳，老媽。妳這麼少女地送了個秋波給我，讓我心靈的淚水都流乾了。

「那堇子，不好意思，今天可以請妳陪陪雨露嗎？」

「我明白了。既然是這樣，跟勞莉葉一起看DVD這件事就等改天有機會了。」

喂，妳這女人，不要輕描淡寫地編造出再來我家一次的藉口。

「花灑同學，這也沒辦法，我就讓你有榮幸帶我參觀你房間吧。這是特例喔。」

這女生以為自己是什麼人啊？

「……那我們馬上過去。Pansy。」

「你不牽我的手，我可不讓你帶喔。」

「別給我得寸進尺！」

＊

我本應平靜的家淪為地獄，很快地十五分鐘過去了。

我內心厭煩無比，但仍招待 Pansy 來到自己的房間……為什麼會弄成這樣？

「打擾了。」

Pansy 進來的同時，興味盎然地四處張望。

以平常行動慢條斯理的她而言，難得有這麼敏捷的動作。

她到處看時，我砰的一聲關上門。

這是為了盡可能不讓聲響外漏而做的考量，絕對不是為了做見不得人的事。

「妳這女人，竟然利用我老媽……」

我重重坐到床上，開口第一句話就是發牢騷。

對這種不惜利用無辜的主婦也要來我房間的跟蹤狂，一定要嚴加處罰。

「你誤會了。今天是因為勞莉葉女士招待我，我才來她家裡玩。」

「想也知道不可能，別給我隨口胡扯。」

「你真的很不了解我呢。沒辦法，我就破例讓你看看今天下午，勞莉葉女士傳給我的簡

訊吧。」

Pansy 一副受不了我似的口氣，從包包裡拿出智慧型手機交給我。

我還是第一次看到有人用榻榻米花紋的手機保護殼，不過這不重要。所以，妳是說什麼簡訊？

『菫子喵～～！如果妳方便，今天要不要來勞莉葉家玩喵～～？』

太扯啦！喵喵妳個喵咧！

「午休時間那時，我可是已經放棄了。」

我完全無法理解這時有什麼好擺出一副踐臉的喵。

「那麼，妳是怎麼跟老媽變熟的啊？」

「是我放學回家路上在一間書店看書，令堂就來找我說話。她說：『這不是岡田演得很帥的那部作品嗎～～！』原來我看的書，是勞莉葉女士喜歡的偶像明星主演的電影原作。你也知道吧，前不久不就在上映嗎？」

「就是主角是戰爭時的航空兵那部啊？記得片名是叫……」

「是《永遠的 JARO》。」（註：本來應該是指岡田准一主演的電影《永遠的０》，但 Pansy 疑似開諧音玩笑，講成了日本廣告審查機構 Japan Advertising Review Organization，縮寫為 JARO）

片名有這麼像是永遠審不完的廣告審查機構嗎？

「後來我又偶爾見到她，除了這部電影以外，二宮主演的《少爺》啦、斗真主演的《人間失格》啦……各種小說改編電影跟電視劇的話題讓我們聊得很開心。我真的嚇了一跳，因為我作夢也沒想到她竟然是花灑同學的媽媽。這才真的是奇蹟吧？」

看來是愛書人與偶像粉絲之間所存在的奇蹟共通點，為我帶來了殘酷的命運。

「這樣你了解了嗎？」

「……嗯，雖然非常不合我意。」

「那太好了。那麼，我差不多……要開始了。」

談話告一段落，Pansy 迅速蹲下，開始偷看床底下。

「喂，妳在幹嘛？」

「我想小小尋寶一下。」

「給我馬上住手。」

臭魔王。看來妳是想找出我的收藏，但妳想得美。

只是話說回來，倒也不是放在那種地方啊。我的收藏是放在……啊，不行。

這女的是超能力者，心思有可能被看穿，還是別去想了吧。

「不在這裡是吧？那麼，會是放在書架嗎？也許是把書衣掉包了……」

很遺憾，這妳也猜錯啦。可是，這不構成我容許妳這種行動的理由。

所以我在 Pansy 想前往書架前時，用力抓住了她的手。

「喂，別給我沒事找事。」

「你不放手，可是會後悔的喔。」

「開什麼玩笑，那是妳家的事。」

「不是。我是為了你好才說的。快點，再不然就要突破極限了。」

「別給我胡扯些莫名其妙的話。這是我要說的話。」

「不行的，花灑同學。不要啦，放開我……我真的已經……到極限了……」

「少囉唆，別給我東拉西扯，乖乖照我說的話做……」

「雨露、菫子，我端馬德蓮蛋糕跟紅茶來嘍～～！」

Limit Brea～～k！我立刻照您的吩咐放開您的貴手！

「……等等，哎呀？哎呀哎呀哎呀？」

這就是那種很經典的場面吧。老媽誤以為自己的兒子在用有點強硬的態度試圖對抗拒的女生做出非禮的行為卻陷入苦戰。

該怎麼辦才好呢？

「哎唷～～！媽媽真是的，是不是打擾到你們了～～？呵呵呵，對不起喔～～」

「沒事的。因為什麼都還沒開始。」

「老媽，可以請妳下次進我房間前先敲個門嗎？」

「了～～解～～！那我把蛋糕跟紅茶放在這邊嘍。」

老媽大剌剌走進我房裡，把兩人份的馬德蓮蛋糕和紅茶放到桌上。

東西放完後還瞥了 Pansy 一眼，說了聲：

「堇子，雨露的A書和A片，只要用鋼珠筆的筆芯把書桌抽屜的夾層從下往上撬，就可以找到嘍～～」

「老媽！別再說了，趕快給我回妳的客廳去！」

「雨露好可怕喔～～！那堇子，之後就拜託妳嘍！」

「好的，謝謝伯母。」

老媽輕輕搖手，砰的一聲關上了門。

為什麼？做母親的基本上不都會拯救兒子嗎？

「好了，那麼……」

但我連發這種牢騷的時間都沒有。

Pansy 就在我眼前，已經不知道從哪兒摸出了一根鋼珠筆筆芯。

「Pansy，慢著。」

「有什麼事呢？」

Pansy 以顯得格外開心的表情轉過頭來。

為什麼這女人每次搞得我很頭痛的時候，表情就會變得這麼神采奕奕呢？

「妳給我在這邊坐下。」

「好。」

我拍了拍床上我身旁的位置，提供Pansy坐的地方後，也不知道她是有了什麼樂觀的誤會，踩著格外雀躍的腳步乖乖照做。

「呼……剛才有點鬧過頭，我累了。」

她自然而然地把頭往我肩上靠，我立刻從床上逃脫。

「妳給我坐在那邊別動。妳敢有任何一點輕舉妄動，下一秒我就不會手下留情。」

我站在原地，低頭瞪著坐在床上的Pansy。

有種就給我輕舉妄動啊，我會立刻……不，等一下喔。

如果我在這個時候試圖加害Pansy，他是不是會出現呢？

在學校被孤立的Pansy唯一的朋友——那隻長頸鹿鋸鍬形蟲……

「刺針他……在妳包包裡嗎？」

「你問他？他跑去常去的麻櫟『Spirytus』舔樹液了。」（註：Spirytus為波蘭的伏特加品牌，以高達95－96度的高酒精濃度知名）

安全上壘！雖然這麻櫟樹的酒精濃度高了點，但就請你慢慢多舔一會兒吧。

「欸，花灑同學，我啊，今天有稍微打扮過才來，看得出來嗎？」

Pansy開開心心地盪著雙腳，不知道是要展現什麼給我看。真的是一點都不重要。

「襪子是白的啊。」

「答對一半。剩下的呢？」

「裙子比平常短了兩公分。」

「唉……答錯了，你的眼睛還是一樣就像臭掉的蛋一樣。虧我弄短了二點五公分。」

「既然這樣，妳就該弄得連我這發臭的蛋一樣的眼睛也看得出來。」

膝下十八公分和膝下十七點五公分的差距，根本形同虛設。

「你這話的意思，是要我打扮得漂亮點嗎？」

「妳明明就很清楚嘛。給我馬上拿下眼鏡，解開辮子，鬆掉纏胸布。」

「……你就那麼想看我的那個模樣？」

就說搞不懂妳為什麼這種時候要換成落寞的口氣了。也太無法理解了吧。

「那還用說？我都有老實遵守約定每天去圖書室，所以妳也差不多該讓我看看了。」

坦白說，我的不滿已經累積到會覺得再去圖書室也根本沒有意義了。不管我怎麼要求，每次每次待在圖書室的都是辮子眼鏡。

而且還每天都被她的毒舌數落得七零八落，這段日子糟透了。

「我有我的苦衷。」

這女的是怎樣？說話口氣硬是給我變得比平常沉重得多。

「苦衷？」

「有魔鬼盯上了我。我就是為了不被這魔鬼發現，才會打扮成現在這副模樣，銷聲匿跡。要是有人願意保護我就好了……」

這不太對吧？現在才第二集耶。要加碼演〈異世界大戰篇〉來救人氣未免太早了。

而且責任編輯也根本從來沒表示過一丁點這樣的意思。

「別給我鬼扯些莫名其妙的話。」

「我認為花灑同學應該努力了解我。」

「先把值得我付出這些努力的酬勞預借給我。妳明明就說過只要是在我房間，就可以讓我看。」

「好啊。」

「看吧，到頭來還不是不給我看？實在是，妳喔，真的是……等等，妳剛剛說什麼？」

「我說好啊。你想看我那個模樣吧？」

咦？真的假的？真的肯給我看？慢著！……冷、冷靜啊，我！

Pansy 對我不會說謊，但有時會巧妙地操弄話語來誆我！

「我可以把妳說的那個模樣，當成妳卸下眼鏡、辮子跟纏胸布的模樣吧？」

「是啊。我會好好遵守約定。所以，可以請你轉過去，離遠一點嗎？被人看著換衣服，我會很害羞。」

「好、好啊……」

我急急忙忙轉過身去，滿心興奮地走到房間角落。

結果背後可不是傳來了衣物摩擦的聲響嗎！

喔喔喔喔喔喔！這女的真的給我在換衣服！好久沒有……不對，慢著。

我要冷靜地回想起剛才發生的事。

就在前不久，我一抓住 Pansy 的手就有個冒牌女主角從一樓跑上來。

而我現在站在位於房間角落的門前。

這也就是說，是那個常見的套路。一旦我得意忘形，老媽就會突然砰的一聲打開門，我被撞飛，整個人撲到 Pansy 身上而產生誤會的那套！

仔細一聽，就聽見一陣危險到了極點的拖鞋腳步聲，所以肯定是這樣不會錯！

可是，既然注意到了這旗，就等於我的安全得到了保障。

原因很簡單，因為我的房間有著隱私的守護神「門鎖」！

「芝麻關門！」

呼……這下就可以放心——【喀啦】

「雨露～？你有沒有衣服要洗的喵～？」

竟然從隔壁房間外的陽台來到我的窗外了喵～！我窗戶沒上鎖喵～！

我立刻把身體來個大回轉！這下非得趕在弄出誤會之前解釋清楚不可喵！

「老媽，妳等一下！首先聽我解釋……喵喔。」

「你為什麼回頭呢？我說過我不想被看到。」

……我忘了。我都忘了。Pansy 正在換衣服。

既然我回過頭去，當然就會看到她在換衣服。可是啊，可以讓我說一句話嗎？

為什麼妳會留著辮子和眼鏡，卻解開纏胸布，用制服遮住必須遮掩的上半身？

要知道不管胸部多大，要是妳還留著辮子眼鏡造型，就不但沒有效果，反而要扣分耶。

「你怎麼叫堇子做這種事情！」

糟糕，現在不是對波霸辮子眼鏡發呆的時候了。

老媽這可不是以電光石火的身手來到我眼前了嗎？

「不、不對！我什麼都……」

「花灑同學，你是打算說你是幸運色狼嗎？」（註：動漫作品中常見的各種主角意外撞見養眼鏡頭的情形）

請妳說是不幸色狼。我再說一次，妳可是辮子眼鏡造型啊。

用制服遮住重要部位是無所謂啦，但妳可以不要這樣一直朝我逼過來嗎？應該不行吧……這下不妙了啊。

「雨露！媽媽不是有好好告訴過你，這種事情要等滿了十八歲再做嗎！」

「花灑同學不遵守約定，要處罰。」

「不、不好意思！是我不好！我向妳道歉！所以……」

我的道歉根本只被當成耳邊風。站在正前方的燙髮主婦左手俐落地架式一擺，波霸微女迅速拿起右手邊的書準備。然後……

「好痛……啊噗！」

我的右臉頰剛被打，左臉頰就來了法布爾昆蟲記。

這是嶄新的經驗。就寫在《花灑福音第五章第三十九節》吧。

我倒地不起，想著這樣的念頭，老媽就猛力揪住我的衣領。

「堇子，趕快把衣服穿好！雨露，你跟我來一下！」

我就這麼被拖出房間。慢著，老媽！要是把 Pansy 一個人留在我房間裡……啊啊！鋼珠筆的筆芯出現了啊啊啊啊！不要啊啊啊！

「老媽放開我！再這樣下去我房間會……」

「不行！不行不行！」

有什麼關係嘛～！

＊

後來我用了一個小時的時間，把情形跟老媽解釋完畢。

但這並未帶來事態的解決。豈止尚未解決，反而可以說是惡化了吧。

我說服老媽時，我那成了空殼子的房間被 Pansy 搜了個透，我的興趣嗜好全都拆穿了。

而且老媽還做出「都到晚飯時間了，堇子要不要也吃過飯再回去喵？」這種沒事找事到了極點的發言，讓我家的餐桌上吹進了昭和年代的風。

「是喔～～？原來堇子搭電車上學啊！」

「是。因為從我家到學校，會有點遠。」

客廳裡的餐桌上擺出了想必比平常花了更多費用的晚餐，而座位安排則是活生生的地獄圖解，對面坐著老媽，身旁坐著 Pansy。

一想到會在什麼樣的時候，從哪一個口中迸出爆炸性發言，我就連飯菜是什麼滋味都不知道。

我本來還期待至少老爸回來就好，但老爸現在正在職場忙得焦頭爛額。

剛才老爸傳了一封簡訊給我和老媽，說回到家多半已經深夜。

「妳沒想過要上附近的高中嗎？」

「是啊，我完全沒考慮過。」

「可是，和國中的朋友分開，妳都不會寂寞嗎？」

「不要緊的。因為我幾乎完全沒有朋友。」

也是啦，從這女人的個性來看，想來也是。

她似乎跟老媽很要好，但臉上總是不帶感情，態度平淡，讓人搞不清楚這女人的到底在想什麼。這樣的人在學校會格格不入，說當然也的確是當然。

「咦咦～～！堇子明明是好孩子，為什麼？雨露，你知道原因嗎？」

「……天知道。我才不知道。」

老媽，不要把話題帶到我身上。我不想加入談話。

「雨露，你從剛剛態度就很差。」

哪怕老媽怎麼瞪我，我才不管。光是待在這地獄裡就該稱讚我了。

「花灑同學，勞莉葉女士煮的飯菜非常好吃呢。」

「那太好了。妳趕快吃一吃，吃完就給我回去。」

真虧妳把別人的房間愛怎麼搜就怎麼搜……竟然還有臉連飯也留下來吃，還敢若無其事地找我說話。怎麼想都只覺得妳腦袋的構造有問題。

「雨露，你真的是怎麼啦？媽媽很清楚剛才的事情是誤會一場了啊。」

「老媽，跟那件事沒有關係。我根本上就討厭這女的。」

我忿忿地撂下這句話的瞬間，老媽的動作忽然定格了。

「……你剛剛說了什麼？堇子可是女生耶。」

靜止一秒鐘後，一種像是發自丹田的低沉嗓音從老媽口中發了出來。

不妙……這是真正生氣時的老媽。

「不管看起來多麼不在乎，這世上沒有哪個女生被人當面說『討厭』還能不當一回事的。我不記得自己有把你教成會說這種過分的話。」

「嗚……！」

該死。當然剛剛說那句話也許是我不對啦，可是最根本的原因就是……

「雨露，對菫子道歉。」

不行了。再把老媽惹得更生氣並不明智，還是別貿然違抗比較好。

「……是我不好啦。」

「我沒放在心上，不要緊的。」

我道歉的話一出口，Pansy 看也不看我一眼就說出了明白的回答。

「對不起喔～～菫子，這孩子真的是嘴巴很壞……」

老媽切換成開朗的嗓音，面帶笑容對 Pansy 說話。

看樣子她的怒氣算是消退了，但晚點應該會是訓話全餐吧……糟透了。

「我不要緊的。因為花灑同學說話雖然粗野，可是非常善良。」

「哎呀？是這樣？」

喂，妳挑有望讓老媽心情轉好的話題，我是很感謝啦，可是這個選擇不行吧。

「Pansy，妳不要多嘴……」

「你給我安靜！」

我聞到危險的炸彈特有的香氣，所以想立刻處理，結果老媽二話不說就喝令閉嘴。

「菫子菫子，可以跟我談談雨露嗎？這孩子都不肯跟我說學校裡的事情。」

Pansy 面對雀躍的老媽，以平淡的眼神朝我看過來。

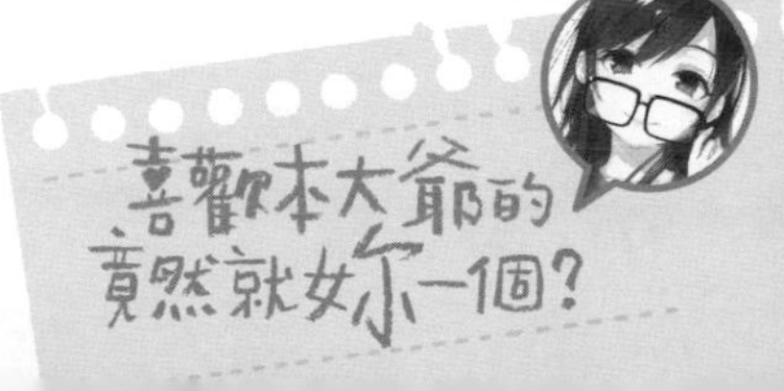

「……說出來沒關係嗎？」

「……要在常識範圍內啊。」

我其實很想阻止，但麻煩的是我剛剛才惹得老媽真的生氣。

考慮到這一點，現在阻止 Pansy 說話將會非常不妙。

「我明白了，那……」

妳可不要講些沒事找事的話啊……

「多虧了花灑同學，我的學校生活過得非常開心。我們每天都會在圖書室聊天，他偶爾會來幫我做些圖書室的工作。」

「是喔？然後呢然後呢？」

「花灑同學他每次都會先把很重或是不好收進書架上的書搬走。平常他很壞心眼，但這種時候卻絕對不會抱怨。這種輕描淡寫的溫柔，讓我非常開心。而且，他這個人能夠為了讓大家待得開心，為了保護能讓大家幸福的地方，不惜犧牲自己。這種事我就絕對辦不到。所以，我真的覺得他是個很棒的人，很尊敬他。」

BOOOOOM！大爆炸啊！這種話請不要在當事人面前講出來啊！

被人當面這麼說，真的有夠不好意思的，請妳饒了我吧！

「雨露！你挺有一套的嘛！」

「老媽，別說了！不要再說了！」

拜託不要在 Pansy 面前把我的頭髮搔得一團亂！這也是出局的！

「就是啊！這孩子，非常善良！以前啊，我們一家四口去旅行的時候，我弄丟了爸爸送我的寶貝項鍊，可是當時他也什麼都不說，自己一個人一直找，然後就幫我找到了！當時我們還想說『怎麼哪兒都找不到雨露！』還鬧得很大，現在回想起來好懷念耶～」

老媽，不要扯出這種陳年往事！真的不行啊！這種不行啦！

「呵呵，堇子，以後也請妳跟雨露好好相處嘍！」

「哪裡，我才要這麼拜託。以後也請多多關照了，花灑同學。」

「……好。」

我已經累積了足夠的恥死量，費盡全力才像死人一樣擠出這句話。

*

結束晚餐與閒聊，到了晚上八點，今天的地獄結束了。

一想到她們兩人不會再拿我當題材聊下去，就感動得眼淚都要流出來了。

「今天非常謝謝您，我真的好開心。」

「不用客氣啦～因為我也好開心啊！妳要再來玩喔！」

老媽對站在玄關前深深一鞠躬的 Pansy 笑著揮手。

「嗯嘎！」

我的腦袋也被順便用力往下按，強制朝她鞠躬。實在受不了。

「那麼，我失陪了。」

「嗯！再見喔～～」

於是玄關的門就這麼砰的一聲關上，和平總算來到我家。

「那麼，老媽，我出去一下。」

「呵呵～～不愧是我兒子。不用媽媽吩咐，你也都懂嘛！好孩子！」

「……好好好。」

我一邊對老媽的奸笑臉覺得厭煩一邊穿上鞋子，走出了家門。

我微微加快步調，走著走著很快就發現了眼熟的辮子眼鏡女。

對方似乎也察覺到了我的存在，整個人轉過來面向我。

「哎呀，你該不會是肯送我到車站？」

「才不是。我是有事要去便利商店，所以只有這一段跟妳走一樣的路。」

我右手拇指和食指互搓，做出回答。

「是嗎？我明白了。那我們就一起走這一段吧。」

Pansy 以若干雀躍的腳步走在我身旁。她臉上沒有表情，但心情似乎很好。

「我說啊，花灑同學。」

之後我保持沉默走了一會兒，Pansy 就以格外認真的聲調開了口。

「幹嘛啦？」

「你不跟他們和好，是打算撐到什麼時候？」

「……這跟妳無關吧？」

這女的好死不死，偏偏給我提這個話題。真的是有夠煩的。

「無關就不能問嗎？我可不曾聽說有這樣的規矩呢。」

「話是這麼說沒錯，但妳覺得我會回答？」

「是啊，你已經回答了。所以暫時無望和好是吧？」

「我可不記得有說過半句這樣的話。」

「你剛剛那句話就讓我立刻猜到了。你不想回答，也就表示還沒和好。你是找不到機會吧？」

嘖，竟然不是用平常那種取笑我的聲調，而是給我用正經的聲音講出這種話……

「要機會很簡單。只要你開口，就會變成機會。」

「哪有可能？就說他們根本不想跟我扯上關係了。」

「這不可能。」

這女的，竟然二話不說就給我否定……

「妳懂什麼？我話先說在前面，我跟他們的交情可是很久了。所以，我對他們的了解比妳多太多啦。」

「我就用問題回答問題。你所知道的他們，是那種知道你的本性而吵過一架之後就會賭氣不跟你和好的人？還是說，是那種其實想跟你和好，但不知道該怎麼辦的令人傷腦筋又可悲的人？」

「……誰知道。我先走了。」

我不想繼續談這個話題。趕快去目的地吧。

我做出這個判斷而加快腳步，漸漸和 Pansy 拉開距離。

「等一下。」

Pansy 小跑步追上來，抓住我的手阻止我繼續走。

「妳很煩，放開我。我討厭妳。」

「這樣就對了。」

「啥？」

先前總是平平淡淡、面無表情的 Pansy，突然露出小小的笑容。

「就像這樣，花灑在我面前不就能老實嗎？只要能用現在的『你』，把你想的事情好好告訴他們，相信他們一定會懂的。」

「……」

「不想道歉就不用道歉，想生氣就儘管生氣。你根本不用擔心會毀掉關係，因為你們的關係不就已經毀掉了嗎？就算失敗也只是維持現狀，成功的話就會變得比現在好。一點壞處都沒有，不是嗎？」

「……不用妳說我也知道。」

相信她一定是好好理解過我的煩惱才會這樣鼓勵我。

要我別忸怩個沒完沒了，趕快行動。該死……所以我才討厭她。

「朋友還是多一些比較好，而且這樣又能創造出開心的回憶。」

「……這是妳的經驗談嗎？」

「你可以當作是這麼回事。」

「是喔……那我就當作是這麼回事。」

「悉聽尊便。」

既然這樣，妳也該努力交朋友吧。

也不想想妳老是把自己關在圖書室，和我以外的人根本就講不到幾句話。

「還有啊，妳也該放手啦，就說妳很煩了。」

「哎呀，虧我還想就這麼牽著手一起走呢，好遺憾。」

我揮開 Pansy 的手，邁出腳步。

＊

後來我們完全不談話，默默地走著走著就看見了眼熟的建築物。

「我們能一起走的路，就只到這裡了吧。」

「對。」

總算……我總算可以擺脫 Pansy 了。我的心情是多麼神清氣爽啊。

「我說花灑，可以陪我一下嗎？」

「啥？我為什麼要陪妳這……等等，喂，妳要去哪裡？」

Pansy 尚未聽我回答，就往小路岔了出去。

我趕緊跟上，看見 Pansy 在一棵特別大、附近很少人走過的樹下停下了腳步。

「可以請你在這裡等一下嗎？」

「……知道了……嗯？」

這女的在幹嘛？突然給我繞到大樹後頭。

「久等了。」

「我說妳啊，不要突然做這種莫名其……等等，喔哇！」

「畢竟在房間裡沒能給你看到。雖然胸部還是維持這樣，你願意將就一下嗎？」

嚇、嚇我一跳……真沒想到從大樹後頭出現的 Pansy 不是平常的辮子眼鏡造型，而是換成了拿下眼鏡，解開辮子的模樣……

還是一樣，正中我的好球帶，美得令我忍不住想緊緊抱住她。

「呵呵，看你害羞的……真可愛。」

Pansy 露出妖豔的笑容，慢慢靠向我身旁。

我就這麼被定身似的動彈不得，她的手輕輕放到我頭上。

「非常善良的花灑，你一定會順利的。而且你放心，如果不順利，我會好好負起責任鼓勵你。」

Pansy 摸著我的頭，用不同於往常的平靜聲音說。

我們彼此臉孔的距離非常近，呼氣噴在臉上讓我癢癢的。

「……妳說的鼓勵，不能預支嗎？」

「你這人真貪心……不過，只預支一點點的話，可以的……來，能請你閉上眼睛嗎？」

「……好、好啊！」

彼此間有了一種奇妙的氣氛。Pansy 寧靜的芬芳，右手傳來有點刺的感覺。

不妙啊……總覺得很多事情都亂七八糟……嗯？最後那個感覺不太對吧？

「哎呀，你回來啦，刺針。」

「唔喔喔喔喔！」

朝右手一看，不知不覺間，巨大的刺針同學已經牢牢貼在上頭！

刺針根本不把急急忙忙往後跳的我放在心上，擺動許多隻腳移動到 Pansy 肩上的這種冷靜，應該已經可以說是具備了國王的威嚴。

「這裡該不會是……」

「是啊。這裡就是刺針最常去的麻櫟樹『Spirytus』。」

我才不會講出「這下可真的是礙事的蟲了！」這種老套的笑點！（註：日文中「礙事的蟲（邪魔虫）」是形容礙事的人）

「那麼，說來遺憾，可以請你就用這個將就一下嗎？」

咦？我還以為預支鼓勵的事情已經不了了之，原來並沒有？

那為什麼這女的把雙手放到頭上比出耳朵？

「『主人～～♡今天我們要一起看什麼樣的書蹦蹦？』」

「妳……！這……」

這……這豈不是我抽屜夾層裡的收藏之一……《跟小兔女僕來場嘿嘿嘿的讀書會》嗎！

這、這女人……竟然給我連內容都看完了嗎！

「怎麼樣呢？雖然我不太有自信，但我拚命試著照做了。」

我只能看得啞口無言。我沒要妳做這種努力。

「真是的，竟然不肯說感想，你好壞心喔……那我們走吧。」

「……也對，就這麼辦吧。」

為什麼預支鼓勵會變成這樣的情形？

雖然沒弄成奇怪的情形，從某種角度來看算是安全上壘，但代價太大了。

「今天很謝謝你，花灑同學。」

Pansy 走在意志消沉的我身旁，以平淡的聲調對我道謝。

「啥？謝我什麼？」

「謝謝你帶我進你房間，跟我聊得很開心，還有……」

Pansy 頓了頓。

臉頰微微泛紅，但仍然堅決不將目光從我的眼睛上移開，繼續丟出這句話：

「還好好送我到了車站。」

Pansy 最後說完這句話就戴上眼鏡，走進了位於正前方的建築物——車站裡去了。我看著她離開後，自己也轉身，順著來路回去。

「好了，回家路上就順便去個便利商店吧。」

唉……她果然……有夠可愛的啦……

本大爺努力的結果

第二章

既然決定要做（不管花多少時間）就要堅持到底。這就是我的座右銘。

「那該怎麼做才好呢……」

我看著眼前寫著「日向」的門牌，大感頭痛。

早上，我比平常早了一小時走出家門，來到兒時玩伴葵花的家門前。至於我為什麼要過來，答案很簡單，是為了改善和葵花之間的關係。

從家住得近、見面方便的她開始重修舊好，這就是我計畫的第一步驟。

但有個問題伴隨而來。我雖然都來到了這裡，心中卻毫無策略。

我下定決心不要一直磨磨蹭蹭，趕快行動，所以展開行動。到這一步是很好，但毫無策略就要應付葵花，實在有困難。

因此，我決定趁葵花出現前，先想好幾個策略。

我要從荒唐的策略到實際的策略都想過一遍，然後用自己認為的最佳策略完成跟葵花重修舊好的任務！

方案一：用一如往常的態度自然地找她說話。

就像什麼事都沒發生過一樣，對忽然出現的葵花打招呼「嗨，葵花」，這是一種以極其自然的形式重修舊好的方法。

……這行不通。當初事情實在鬧得太大了。要是用這種當作什麼事都沒發生過的方式解決那麼嚴重的事情，彼此心中都會留下疙瘩。

要讓彼此都不留下疙瘩，恢復原來的關係，這才是重修舊好。

因此，駁回。

方案二：瘋狂抱怨，逼她道歉。

這次的事件裡，我跟葵花都有不對的地方。但這種時候偏偏絕口不提自己的罪過，極盡所能地謾罵，然後等葵花被罵得垂頭喪氣了，再一副拿她沒輒的模樣深深嘆一口氣，好心原諒她。

……這也行不通。真要說起來，綜觀上次整件事，怎麼想都是我不好。畢竟我嘴上答應要幫葵花，卻一度狠狠背叛了她。

而且照葵花的個性，要是我罵她，她不是會鬧彆扭就是會罵回來。

因此，駁回。

方案三：總之下跪磕頭再說，然後舔她鞋子。

……太扯了。太離譜。道歉很重要，但再怎麼說這樣都太過火了。

而且，萬一我真的付諸實行，被辮子魔鬼知道了會怎麼樣？

最壞的情形下，甚至有可能得過著每天她都朝我遞出室內鞋的日子。

因此，駁回。

……不成啊。我又把所有方案都「因此，駁回」掉了。

沒辦法啊，這種時候還是用最保險的「方案一」……

「……花灑？」

「咦？」

不知不覺間　伊人已近在眼前　乃葵花是也。

事出突然，害我忍不住作了一首五七五。季節語就請用葵花兩字將就。

等等，重點不在這裡！雖說我在專心思考，但竟然會沒發現一直盯著我看的葵花……總之先選「方案一」可以吧？不會有事吧？

「我說啊，葵花……」

「！」

不妙！葵花這丫頭，視線一跟我對到的瞬間，就這樣直盯著我，開始不斷往後退！這丫頭是想跑……

即使男女體力有差距，但葵花是網球校隊的王牌球員。一旦被她跑了，相信我絕對追不上。非得在被拉開距離之前阻止她不可！呃、呃……

「葵花同學，非常對不起！一切都是我不好，請妳原諒我~~~~！」

糟糕啦！我為什麼好死不死偏偏選了「方案三」！

「好誇張的下跪，頭還確實固定在離地一公分的高度，將來不可限量啊。」

「他喊葵花，就是那女生？為什麼會被逼得下跪啊……？是吵架了嗎？」

啊啊……路上行人的視線好狠……

「等、等一下，花灑，大馬路上的不要這樣！你這樣會害我也被大家用奇怪的眼光看待啦！」

然而，這招並不是沒有效果。

葵花竟然沒逃走，還來到我身旁！既然如此，只要把後半段也做下去！

「我明白了！我舔妳的鞋子！」

「為什麼？我才不要！總、總之你站起來！……好不好？」

似乎是不用舔鞋子。葵花同學真善良。舔舔。

總之我在葵花的催促下，慢慢站了起來。

呼～費了九牛二虎之力，總算可以好好說話……

「那、那就這樣！我先走了！」

「等等，妳還走！」

妳想得美！就算妳想當場轉身就跑，事情可沒這麼簡單！看我牢牢固定住妳的手，逮個正著！

「放開我！我給花灑添了好多好多麻煩！要是我們在一起，我又會給你添麻煩！所以放開我！」

管妳怎麼掙扎，我才不會放手！看大爺我就這麼賞妳一串全力的道歉和感謝！

「我沒覺得是麻煩！別說那麼多，乖乖聽我說！」

「嗚嗚嗚嗚嗚～～！怎麼可能！花灑是騙子！雖然我給你添了很多麻煩，很對不起你，可是你也很過分！你做了好多過分的事！」

「就說我知道我很過分了！所以我才來找妳道歉，想跟妳和好啊！還有，妳在我危急的時候護著我，所以我還要跟妳道謝！妳這個混帳呆女人，連這點小事都不懂嗎！所以我才說妳是笨蛋！」

「人家才不是笨蛋！我一直想跟花灑和好，只是不知道該怎麼做才好嘛！花灑才是笨蛋！都不懂我的心意，笨蛋！」

「妳明明也不懂我的心意好不好！我也一直想跟妳和好！妳可是我的兒時玩伴耶。妳讓我火大，讓我討厭，可是妳還是很重要！我就是沒辦法徹底討厭妳啊！結果妳竟然說我是笨蛋？妳還真有臉講！不管妳怎麼掙扎，我都要跟妳和好，妳覺悟吧！」

「花灑！」

「葵花！」

我和葵花在極近距離下大眼瞪小眼，也不知道該說是一觸即發還是已經處在爆炸狀態。

「嗯？」「唔？」

可是這個時候，我們彼此很有默契地一起歪了歪頭。

奇怪？總覺得剛才的對話好像怪怪的？葵花是不是說想跟我和好？

「我說啊，葵花……」

「呃……做什麼？」

葵花畏畏縮縮，但並不撇開視線，盯著我看，就像隻小動物一樣。

「葵花也想跟我和好嗎？這個，我是很想啦……」

「……嗯、嗯。」

喂喂，葵花這丫頭，害臊地點頭了啊！

「既、既然這樣……這個……妳可不可以……跟我和好？」

「我要！我要跟花灑和好！絕對要！」

喔喔喔喔喔！跟葵花成功和好了！真的是太好啦～～……等等，咦？

「喂、喂！」

好危險！葵花這丫頭，竟然突然給我往後一倒！

我趕緊把手繞到她腰上支撐，所以她才沒倒下，可是剛剛那下實在很危險啊！

「太好了～～我一放心就全身沒了力氣。嘻嘻～～」

葵花的身體慢慢恢復力氣，就這麼往正前方……往我懷裡撲了過來。

喔喔！不愧是傻妞型賤女人！和好竟然還送這種特典，真讓人抵擋不住！

「謝謝你，花灑！我好高興喔！」

葵花雙手繞到我背上用力抱緊我，同時以天真爛漫的笑容這麼說。

好久沒看到這丫頭這樣笑了啊。該怎麼說，我有夠高興的。

「那以後也請多多指教啦，葵花。」

「嗯！多多指教，花灑！那、那你聽我說，就是啊……」

不用擔心啦，葵花。妳不用露出這麼為難的表情，我也知道妳在想什麼。

我可是本來就打算由我主動開口。

「期中考要念的書，包在我身上。」

我這句話出口的同時，葵花立刻笑得燦爛無比……嗯，超可愛的。

「嘻嘻！果然教我念書的，還是要花灑才行！」

也是啦……雖然老實說，教這丫頭念書可辛苦得很……

＊

我和葵花順利（？）完成和好，兩人並肩前往學校。

葵花開開心心地緊緊貼住我的手臂，我不知道有多幸福。

傻妞型賤女人萬歲！非常感謝您！……不過這點就先不提了。

「那麼，葵花，我有事要跟妳商量。」

「跟我？怎麼啦？」

其實我之所以挑上葵花作為第一個和好的人物，家住得近、方便見面的確都是理由，但除此之外，還有另一個理由。

「怎麼說……那個……就是小桑的事。」

「小桑？」

由於我對於自己最想和好的人……小桑，也就是大賀太陽，沒有勇氣一個人去挑戰，所以希望有同伴。這就是我挑上葵花的另一個理由。

然而這時有個問題，那就是葵花對小桑怎麼想。

坦白說，上次那樁錯綜複雜的事件，小桑對葵花做出了相當過分的事情。我想小桑終究有跟葵花道歉，但得知葵花是否就此原諒了他也就非常重要了。

「對。我啊，想和小桑和好。所以，葵花妳跟小桑……」

「我也想跟小桑和好！一直都跟他說不上話，我好寂寞！」

雖然希望她把別人要說的話聽完，但答案可喜所以ＯＫ！

「後來小桑他啊，對我非常有禮貌地道歉！他說『對不起，我騙了妳。是我不好』！可是，在那之後我們根本說不上話……」

葵花垂頭喪氣，簡潔地說明發生過的事。說到這個，這丫頭還喜歡小桑嗎？不過坦白說，喜不喜歡都無所謂就是了。

「花灑！我啊，覺得小桑是個好朋友！呃……那個……雖然他不再是我喜歡的人了，但還是我非常重要的朋友！」

啊，是嗎？可是，這應該不是對我立了旗吧？我告訴妳，我不會上當的，絕對不會。

「那麼，雖然大概很困難，但妳願意跟我一起想跟小桑和好的計畫嗎？」

「嗯！要！我們一起加油吧！花灑！」

在葵花這件事上，壓倒性的是我不好，也就有著道歉這個機會，所以成功了，但小桑就不是這樣。

當初那件事進行到最後，我任由自己的情緒驅使，對他盡情吼了個夠。

總覺得我對小桑道歉，當時我對他說的話就會變成假的，所以我不打算道歉。啊啊……愈想愈擔心了。

「雖然他可能根本不想跟我和好啦……」

「不會的！」

我說出喪氣話的瞬間，葵花立刻否定。

「小桑絕對也想跟花灑和好！因為，小桑他最近一直在偷瞄花灑！然後，還會很寂寞地嘆氣！」

沒想到小桑這麼少女。

「是、是嗎？」

「嗯！絕對是！」

葵花開朗的笑容給了我勇氣，讓我愈想愈覺得還能努力撐下去。

要攻略很少女的男生啊……我是很想找逢坂或櫛枝商量，但沒有時間啊。還是別想這個了吧。

「既然這樣，葵花覺得我要怎麼跟小桑和好才對？我是想過幾個方法啦，但都不覺得會順利……」

「嗯……啊！對了！送小桑他喜歡的東西怎麼樣？」

「小桑他有什麼想要的東西嗎？」

「我上次問到的時候，他就說想喝喝看用鹽鹵粉做的運動飲料！」

「駁回。我會破產。」

比PS4還貴的水，對高中生而言負擔太重了。

「咦咦！那甲子園的泥土？」

「這該由小桑自己去挖。由我們送他也沒有意義吧。」

「這樣啊～等一下，花灑你都只叫我說，這樣太賊了啦！」

葵花像倉鼠似的鼓起臉頰，對我發牢騷。

不行不行，我也好好說出自己的方案吧。雖然我也不太有自信……

「也對……說期中考我來教他念書如何？」

「不行啦！小桑就愛逞強啊！他會說要自己努力啦！」

「就是說啊……那當作什麼事都沒發生，自然地找他說話，這招怎麼樣？」

「不行啦！小桑就討厭打馬虎眼啊！是對是錯非講清楚不可！」

「就是說啊……那我主動罵他，要他跟我和好，這招怎麼樣？」

「不行啦！小桑就愛逞強啊！絕對會惹火他，會失敗啦！」

「就是說啊……」

葵花說得沒錯，小桑的防守太堅強了。

為什麼他就那麼愛逞強、愛分清楚又不認輸呢……

「對了！」

「怎、怎麼啦，花灑？」

「有了！有了，葵花！」

「呃……有什麼？」

嘿，被我突然亢奮起來的模樣嚇得畏畏縮縮了啊。不過別擔心。

「沒錯！小桑就是愛逞強，討厭打馬虎眼，死不認輸！所以，我要針對這一點！幹得好，葵花！」

「嗯、嗯……雖然聽不太明白，不過我明白了！」

「哼哼哼，小桑，你認命吧……你的命運等於已經確定了！我會要你乖乖跟我和好啊！」

嘿嘿嘿嘿！」

「花灑……你一老實就好多地方都好糟糕……」

竟然對我陽光的笑聲做出嚇得倒胃口的反應，這個兒時玩伴也太沒禮貌了。

不過無所謂。總之，策略已經決定了，之後只剩下執行！

「葵花，不好意思，麻煩妳先去學校屋頂上等我！然後，要是有其他人跑來就趕走他們！我先去一下便利商店再跟妳會合！」

「咦？屋頂？便利商店？嗯、嗯！知道了！」

我先跟葵花分頭行動，朝便利商店衝鋒而去。

*

我到了學校後，先在鞋櫃間辦完一件事，然後就直接前往葵花等著的屋頂，為的是去那裡等待即將到來的人——小桑。

「我說花灑，你為什麼雙手架在胸前，還挺胸挺成這樣？」

「這是一種形式之美。」

等待自己叫來的對象時，想也知道應該用 GAINAX 站姿（註：動畫製作公司 GAINAX 作品中的人物或機器人雙手抱胸直立的威武模樣）。受不了，這丫頭真沒常識。

「小桑，真的會來嗎？」

「會，絕對會。」

哼哼哼，葵花，不要露出這麼擔心的表情。我的計畫很完美。

「啊！」

葵花低著的頭猛然彈起，所以我也跟著看過去，結果看到屋頂的門微微打開，一個男生現了身。

剃成平頭，修長但鍛鍊得精壯的身體，一八〇公分的高挑身材……是小桑！

「好厲害！他真的來了，花灑！」

「我就說吧？都按照我的計畫進行。」

明明什麼都還沒解決，我們卻無謂地自己鬧得很高興。小桑對我們這種模樣顯得絲毫不放在心上，拿著右手上的東西走過來。

那就是這次本大爺用來把小桑叫來這裡的祕密武器。

小桑愛逞強，凡事總愛說個分明又死不認輸，而最能刺激他這種個性的東西就是……

「竟然對我下『戰帖』，你丟給我的這玩意可真有意思啊，花灑。」

就是這麼回事。我就是把這戰帖遞送到了他的鞋櫃裡。

我在便利商店買了信封，寫了大大的「戰帖」兩字，還好心在信裡清清楚楚寫著「我在屋頂等你，跟我比個輸贏。如月雨露」。只是我沒提到要比什麼。

比的內容當然不會是打架。畢竟小桑是棒球校隊的王牌球員啊，我不能讓他做出有可能受傷的行為。何況真的要打，我也不是他的對手……

於是我想到的是……

「所以，要比的內容是什麼？棒球？壘球？還是比板球？總之在屋頂比，底下的人會很危險，我們趕快去運動場。」

「啥啊！」

沒寫要比什麼固然是我不好，但為什麼全都是同一類的內容？

「不，要比的內容不是球技……我要跟你比功課。」

哇啊！一說到功課的瞬間，他的表情變得好苦澀！不妙……也許計畫會失敗。

「真沒意思啊。我怎麼可能跟你比這種事？……那麼，我回教室去了。」

啊！等等，你！不要這樣劈頭就轉身想回去好不好！

「小桑，等一下！」

葵花 Nice！竟然在敏捷的腳步下攤開雙手，攔在想離開屋頂的小桑身前，真不愧是網球校隊的王牌球員。

「葵花，妳讓開。」

「我不讓！」

即使被身高一八〇公分的小桑低頭瞪著，葵花也不認輸地反瞪回去。然而，其實她八成在害怕，雙腳微微在發抖。

「你不可以走！」

「開什麼玩笑？我給大家添了麻煩，所以對大家道過歉，可是只有花灑另當別論。不管是我還是妳……每個人他都騙，這種成天傻笑，一點男子氣概都沒有的傢伙，我最討厭了，連他的臉都不想看到。」

我想也是啊……想也知道是這樣啊……我偽裝起自己，欺騙大家，是千真萬確的事實。想也知道像我這樣的人，正是小桑最討厭的類型。

終究行不通嗎……

「嗚嗚嗚嗚！小桑你笨蛋！好好聽花灑說話啊！」

「我跟花灑沒有話好說。我也不打算……跟他和好。」

……咦？小桑剛剛說了什麼？

我雖然寫了戰帖，可是上面對「和好」可是一個字都沒提起。

而且，剛剛我也一句話都沒提到，但他卻提起了，這也就表示……

「小桑，你要逃避？」

我特意用挑釁的口氣對小桑說話。

不用擔心，我已經明白了。小桑也想跟我和好。

所以才會情急之下脫口說出那樣的話。

「你說我逃避？這是什麼意思？」
小桑轉過來，一臉憤怒的表情朝我走來。
「啊！花、花灑！」
不用怕，葵花。別露出那麼擔心的表情，之後包在我身上。
就算小桑站到我正對面，瞪我瞪得有夠用力，對我也已經不管用了。
「我就先把要比的內容告訴你。比功課的比法是這樣。你讓我教你功課，如果你考試沒有不及格就算你贏。如果讓我教你功課，你還是考不及格，那就是你輸。懂了嗎？」
我始終看著來到我正前方的小桑，直截了當地這麼說。
「我不打算叫誰來教我功課，也不打算比這種輸贏。」
往我身上襲來的不是他一貫的熱血喊聲，而是幾乎令人凍僵的冷血說話聲。
可惜真是不巧啊，Pansy 生起氣來遠比你可怕多了，這麼點小事可嚇不倒我。
「哼！怎麼？到頭來你還是要逃避嘛……有夠遜。」
「你說什麼！就說不是這樣……」
「別騙我了。要是考試不及格，可就得留校補修外加禁止參加社團活動耶。但你卻不想找我教你功課，不是嗎？我本來還以為你是個不管什麼時候都以棒球為第一優先的傢伙呢。原來你是個會以沒用的自尊心為優先的傢伙，謝謝你告訴我。小桑你遜爆了。」
「開什麼玩笑！棒球對我比什麼都重要！」

「既然這樣，想也知道你應該接受我的挑戰。我看你反正是在打預防針吧？這樣等到失敗的時候，就可以辯解『早知道就該找人教我功課』，所以才想拒絕我吧？你是怕即使我教你，你還是聽不懂，所以才怕了，才想逃避。這些都有夠明顯的耶。」

從小桑的個性來判斷，被我說成這樣，他就絕對沒辦法再退縮。

所以這樣一來，我的計畫就成……不對，還是別搞了。

「既然你話都說成這樣……」

「不對，慢著。比輸贏這件事還是算了。」

「啥？」

是沒錯，如果我在這個時候教小桑功課，跟他說話的機會的確會增加。

要從中發展出良好的關係，相信也是有著充分的可能。

……然而，這樣不對。我要想起剛才在構思與葵花和好的計畫時想到的念頭。

彼此不留下疙瘩，恢復到原來的關係，這才叫重修舊好。

既然這樣，我就應該照那個辮子眼鏡女的提醒，坦白說出心裡想的話。

「搞出下戰帖這種利用小桑個性的把戲硬把你找來，是我不好。坦白說，挑戰跟功課全都是藉口……我就老實說吧。」

我吞了吞口水製造短暫的停頓。其間小桑則默默等我開口。

「我想跟小桑和好。我想和先前一樣，跟你好好相處。」

「小桑，我也想跟你一起！我們再三個人融洽地玩在一起嘛！」

Thank you，葵花。有妳支援真是幫了我大忙。

「……難得看你這樣，投個正中直球來比輸贏啊。」

短暫的沉默過後，小桑這麼說了。朝他臉上一瞥，發現先前那冰冷的表情已經消失，有的是我所熟悉的熱血洋溢到讓人受不了的笑容。

「畢竟我某個好朋友難得投了變化球嘛，只好換我來投直球啦。」

在他的笑容激發下，我的臉頰也自然而然跟著一鬆。

「這樣啊……好啊！既然是這樣，這就可以比！」

這種熱血到讓人煩悶的說話方式才是小桑。

成功啦……他回來啦。一如往常的小桑回來啦！

「葵花，我們一起給花灑好看！」

「嗯！我們一起加油吧！我們就要花灑教我們功課，考個讓他說不出話來的好成績！」

聽小桑這麼說，葵花以閃閃發光的燦爛表情點頭。

「喂，花灑！我話先說在前面，我可是超級擅長讓好朋友教我功課的！所以，這場比賽我等於已經贏了！」

喂喂，別在這種時候突然伸出手啦。你的笑容還是一樣熱血得讓人受不了啊。

「別拿這種事情誇口好不好？」

當然我還是會抓住他的手啦。不就是言歸於好的握手嗎？那我當然會握啦。

「以後也請多多指教啦！一臉偽君子嘴臉的雜碎爛人如月雨露！」

「承讓啦，陰險又愛嫉妒的爛人大賀太陽。」

在屋頂上做這種事，總覺得有點不好意思，但喜悅壓倒了這些念頭，我們三個就融洽地一邊聊天一邊回到我們的教室。

*

午休時間，小桑去學生餐廳吃飯，葵花則說最近她跟一位學姊走得近，約好了要去屋頂一趟。我確定他們離開後，獨自走出教室，前往圖書室。

我的腳步可以說雀躍到了極點。

太好了！跟葵花還有小桑都和好了！

果然老老實實努力實在很重要啊！哎呀呀，事情全都解決，真是神清氣爽啊！

「嗨！Pansy！」

我打開圖書室的門，對待在櫃臺的辮子眼鏡女開朗地打招呼。

「你們順利和好，真是太好了耶。」

不愧是超能力者，我什麼話都不用說，她就全都看出來了。可怕。

「是啊，thank you 啦！我們趕快去閱覽區吃飯吧！」
「好，我明白了。」
之後我們在閱覽區用完餐，我就對坐在身旁的 Pansy 說：
「多虧妳給了我建議，我和小桑還有葵花都和好了。Thank you 啦。還有，今天的餅乾也很好吃啊。」
Pansy 準備的點心每次都很好吃，但今天總覺得比平常更 Delicio～us！
「……哎呀？」
我正開開心心地大嚼餅乾，Pansy 就歪了歪頭。
「跟我的預測有點不一樣耶。」
「啥？妳本來是預測會怎樣啦？」
「你別放在心上。」
Pansy 只說了這句話，就淡淡地大口喝起紅茶。
她到底是預測會怎樣？我有夠好奇的，但就算了吧。我應該先說的是……
「那麼，Pansy，我有事想問妳。」
「你願意努力了解我？我好高興。什麼問題都請你儘管問。」
「妳對葵花和小桑怎麼想？」
我壓抑先前亢奮的心情，以冷靜的聲調問起。

畢竟 Pansy 也被上次的事情連累啊。考慮到之後我要做的事，知道這女的如何看待他們兩人是非常重要的。

「日向同學跟花灑從小就認識，我覺得很羨慕。大賀同學跟花灑是好朋友，我覺得很羨慕。畢竟他們兩位跟你之間都有著我所沒有的交情。」

「這樣啊。妳不討厭他們嗎？」

「是啊，不討厭。他們兩位不都個性老實又開朗，人也非常好嗎？」

真的假的！沒想到 Pansy 心胸這麼寬廣！

葵花也就算了，她竟然連上次有過那種事的小桑都不討厭。

「至於你，我喜歡得放進眼睛也不會痛。」

「那當然啦！眼睛被放進東西的是我啊！我可是承受劇痛啊！」

硬是亂加無關的話這點還是老樣子，但既然如此，事情談起來就快了。

「那今天放學後……」

「我不要。就算你和他們兩位和好，說好教他們功課，也不要連我都叫去幫忙。你打的如意算盤再明顯不過了。」

事情也談得太快啦！我連一句講解都還來不及說，她就猜到一切而且拒絕了！

「為、為什麼啦？有什麼關係嘛？妳在國語文科目是全學年第一名，我就是希望妳來教這個部分！妳想想，我也多少想輕鬆一點……」

「我自己的事情就忙不過來了，沒有餘力去照顧別人。」

心胸好狹窄！只要縮減平常在圖書室看書的時間，總有些時間教人吧！

「你死心吧。我可不打算乖乖聽思考短視的小笨蛋說的話。」

這句話讓我火大了。

既然如此，我可也要出牌了，打出用來讓妳乖乖聽話的必殺王牌……

「如果你是想定放學後我會待在圖書室，所以打算在這裡念書，還請自便。畢竟這裡人少又安靜，念書應該會很有進展。我會先回家就是了。」

至少讓我講一句話！不要什麼都搶先說出來！

讓我把我的王牌「反正妳會待在圖書室」用一用嘛！

「妳、妳、妳真是個……臭辮子——」

「眼鏡女，可是我其實最喜歡堇子了。咻～迷死人了～」

「我哪可能講出這種話！還有，妳模仿我根本不像，最後那句是怎樣！我這輩子還是第一次聽見語氣那麼平淡的『咻～迷死人了～』咧！」

不但把我的心思讀光光，還給我加上多餘的附加台詞……

我狠狠一瞪，Pansy 就發動了已經成為慣例的正向思考。

她慢慢連人帶椅來到我身旁，所以我維持著等間隔後退。

「其實你明明想找我撒嬌，偏偏就這麼害羞。」

「也對，我希望限定在課業方面全力跟妳撒嬌。」

「我說過我不要。我沒有理由教他們功課。」

唔唔唔唔！要是有什麼材料可以說動這女的就好了！……啊，材料，有了。

「妳的確沒有理由教他們功課。可是，妳欠了我人情吧？」

「…………………你在說什麼？」

哼哼哼，這停頓長得反常。妳明明就已經猜到了吧？

可是一旦承認猜到，妳就非得乖乖聽我的話不可嘛。

所以妳才不說謊，只改成用一個不上不下的問題來應對。

「就是昨天的事啊。妳不是沒遵守約定嗎？妳沒讓我看見妳那個模樣。」

我露出一臉惡人樣微笑，如此說道。

「如果你是想看和平常不一樣的我，我不是好好讓你看過了嗎？」

「臉是和平常不一樣，可是當時妳的胸部不就和平常一樣嗎？」

昨天由於老媽的來臨，讓 Pansy 沒能遵守在我房間就願意讓我看見她那個模樣的約定。

回家路上，她摘下眼鏡，解開了辮子，但終究是在室外。

她沒能解開纏胸布。只要針對這一點，這場對決我就贏得了！

「我本來還以為 Pansy 是個會好好遵守約定的女生耶～～！唉～～好遺憾啊～～！妳不遵守約定，我好難過啊～～！」

「……你可真敢說。」

哼哼哼哼！贏啦！我贏啦！我第一次鬥嘴鬥贏 Pansy 啦！

相信這可以說是踏出了大大的一步！今天的我，果然有點不一樣！

「不過妳放心吧。我慈悲為懷，會原諒妳的失敗啦。條件是妳要願意幫忙教葵花和小桑功課。」

「如果我回答說：你不原諒我也沒關係，你會怎麼做？」

啊，這個問題太賊啦。不可以用這招啊。這招會讓我變回平常的我啊。

「那、那當然是……會生氣啊。我會有夠生氣喔，會生氣氣喔。」

「不但沒有具體性，而且和平常也差不了多少嘛。」

該死！要是我有那個膽子說以後不來圖書室就好了！

可是，我又不希望再也看不到 Pansy 那個模樣……這種時候還是……沒錯吧？

「總之，妳要和我一起教小桑跟葵花功課！懂了嗎！」

「最後竟然靠硬拗，小角色的味道都跑出來了呢。」

「囉唆！總之就是這麼回事！可、可以吧？好不好？幫我忙嘛。」

糟糕……這好像是會被拒絕的情勢吧？

「……唉，真拿你沒辦法。只有今天喔，明天起我可不幫忙。」

「咦！真的假的？Thank you 啦，Pansy！妳幫了我大忙！」

沒被拒絕！Pansy 願意幫忙！

雖然覺得比和葵花還有小桑重修舊好還辛苦，但結果好就什麼都好！

我一時亢奮，忍不住猛然握住 Pansy 的手用力上下搖了搖。

「不、不要那麼高興，因、因為……只有今天。」

咦？這女的怎麼好像害臊起來了？

只因為我難得道謝就害羞成這樣，還真沒想到她會有這麼可愛的一面。

「倒是花灑，放學後要來圖書室的就只有你、日向同學跟大賀同學嗎？」

不知道 Pansy 是不是想掩飾害羞，用格外刻意平淡的聲調問起。

還有，可以請妳不要連連用力握我的手來強調妳有多開心嗎？

「啊？對啊。這又怎麼了嗎？」

「……是嗎？」

我沒理由找其他人來。這女的問這什麼東西啊……

「那我回教室去了。今天放學後，妳可要乖乖待在圖書室。」

我輕巧地擺脫 Pansy 的手，站了起來，走向圖書室的門。

「知道了。還有，我想如果你忘記了，最好早點想起來，不然事情可是會很嚴重。『因為一定會來的』……雖然也許已經太遲了。」

「啥？什麼東西會來？」

「你自己想，傻瓜花灑。」

Pansy 以有些雀躍的嗓音說完，撇過了臉。眼前我算是有了個新發現，就是這女的無論是不高興的時候還是高興的時候，都會想遮掩自己的表情。

對於看著這樣的 Pansy 而覺得有點可愛的自己……還是當作沒發現吧。

＊

我一步步走在走廊上，用力歪了歪頭。

嗯……Pansy 說我忘記的是什麼事情啊？

我和葵花還有小桑都和好了，還說動 Pansy 答應教他們功課。

不是已經很完美了嗎？我還有必要做什麼嗎？什麼也沒有吧？

「啊！這不是花灑嗎？怎麼會待在這種地方！」

我正走向教室就遇到一個馬尾甩得蹦蹦跳跳的女生。

「這不是翌檜嗎？妳在這種地方做什麼？」

「哼哼哼！問得好！我是校刊社社員，要報導期中考後的百花祭上各班要擺什麼攤，正在到處採訪！」

翌檜自豪地左手拿著紅筆，右手舉著相機，俏皮地妥起跩樣。

「百花祭啊？但這不是每個班級都沒心想做嗎？」

「就是說啊！九月進行的繚亂祭是校慶，所以大家都有心參加，但百花祭就只是去查各式各樣的事情，然後展示兩天而已。」

「就是說啊。不過好歹第一天最後要用在學校介紹影片裡的舞蹈『花舞展』，也因為有過『那個傳說』，超受歡迎的。但那是三個女生輪流擔任一個男生的舞伴來跳舞的活動，可以參加的人數又太受限了耶。」

啊，不對，翌檜知道百花祭的情形，也不用說得這麼詳細啊。

我太大意啦，一不小心就說得像是講給不知道的人聽。嘻嘻。

「你說得沒錯！倒是花灑，可以問你一個問題嗎？」

「嗯？」

翌檜是怎麼啦？眉頭皺得這麼誇張，還朝我背後一直看。

「呃，怎麼好像有一位女性從剛剛就一直偷偷摸摸看著你耶。」

「啥？有人看著我……喔喔……」

聽翌檜說起，我朝背後看去，當場全身一涼。

站在那兒的是一名女子。女子從目測約距離五公尺的牆上探出頭來一直看著我，氣色相當糟糕。

劉海無力地下垂，一副會像某部講詛咒的恐怖片裡衝出電視的模樣。

女子似乎已經相當絕望，全身溢出一種陰森的氣息。

「……不妙……『一定是來啦』。」

到了這個時候，我才總算注意到。注意到我一直忘記的……一件很重大的真相。

「……呵。」

女子一發現我的視線就露出對世界絕望的笑容，消失到牆壁後頭去了。

「不好意思，翌檜！晚點再聊！」

「啊，花灑！」

我全力追向這名踩著沉重腳步想離開的女子。不妙。不妙不妙不妙啊！

「等一下！等等我！」

所幸女子似乎連奔跑的力氣也沒有，我輕易就追上了。

所以，我立刻讓她轉過身來，用力按住她的雙肩，仔細看她的表情。

「嗨、嗨……花灑……好久不見了耶……」

一頭輕鬆及腰的長髮往前垂下，成了貞子打扮的重點，一雙犀利的眼睛裡有著泥沼般的淤積。沒錯……還有這個人……我都忘了還有她。

那個事件裡，跟我關係變得尷尬的最後一個人。

「你和葵花同學還有小桑都和好了。可是，你沒有來找我。對你而言，像我這種人……我這種人……根本就不重要吧～」

這個空洞的眼眸透出淚水嘀咕個不停的女子，名字叫秋野櫻。

是本校的學生會長，綽號來自姓名中「秋」與「櫻」兩字的女子，通稱……

「Cosmos，不是！妳才不會不重要！妳回來啊～～！」

Cosmos 眼看就要出發前往另一個世界，我正猛力想搖醒她就收到一封簡訊。

我慢慢查看，結果上面寫著……

『你果然忘記了啊。』

Pansy……妳說得對，也許為時已晚了……

*

放學後，我們本來要直接前往圖書室，但不巧的是事與願違，現在我們待在學生會室。

由於考試前，所有社團與學生會都暫停活動，學生會室也就像這樣空著可以用，的確是很可貴。但現在這種狀況下，就讓我沒有心情去感謝這一點。

貞子 Cosmos 攤開粉紅色筆記本，洋溢著絕望。而她身旁坐著一臉愣住的葵花，瘋狂冒汗的我與小桑並肩坐在她正對面。這狀況糟透了。

「……今天午休時間，葵花同學都跟我說了。」

沉重的氣氛下，Cosmos 說出了比氣氛更沉重的話。

看來葵花說今天中午一起吃午餐的學姊，就是 Cosmos。

我用視線對葵花抱怨，對她表示既然這樣，當時就該告訴我啊。但葵花根本沒看懂。

她只連連眨眼，露出狐疑的表情。

「聽說今天早上，花灑和葵花同學還有小桑已經和好了耶～」

「是啊！能和花灑還有小桑和好，我好高興！」

妳給我察言觀色一下！為什麼顯得這麼開心！妳白痴嗎？妳是白痴！

「真的……你們能和好，實在是太好了呢。嗯，不用在意我。我們學年不一樣，而且我也把花灑從學生會書記的職位解僱了，不用管我也沒關係的。」

好，那就這麼辦！多保重！Adieu！Cosmos！

要是我說得出這種話，真不知道會有多輕鬆……

「不、不是……我不是放著妳……不管喔。」

不行不行。Cosmos 是學姊，講話得用敬語才行。

「跟我這種愚不可攀的女人說話，用不著講什麼敬語啦～」

愚不可攀是什麼東西？是愚不可及的最高級嗎？

嗯～小桑，你想辦法哄 Cosmos 高興……啊，不行。

他挺直腰桿直視學姊，所以看似很靠得住，但其實已經汗流浹背，襯衫都變透明，看得見T恤上寫的「絕體絕命」（註：危在旦夕之意）四個字了。

「這、這可不行。Cosmos……會長，不是學姊嗎？」

「不用擔心啦～」

為什麼我們學校的學生會長會變成辛巴呢？抖音唱得好厲害。

「Cosmos 學姊，妳聽我說。」

「什麼事呀？葵花同學？」

這時葵花用格外燦爛的笑容對 Cosmos 說話。

「跟妳說喔，我想花灑還有小桑都不是放著 Cosmos 學姊不管！他們一定是在想策略！想和好的策略！」

Great！嗯！雖然我沒在想策略，但就當作是這麼回事吧！

「是這樣嗎？」

Cosmos 的眼睛微微亮燈了！兒時玩伴的傻呼呼支援真是太美妙啦！

「是啊！因為花灑就說過！說『我一直想和好』！所以，他絕對不是覺得 Cosmos 學姊不重要！」

Excellent！就是啊！我可沒有覺得妳不重要！

就只是發生很多事情，所以忘了妳，我其實是想好好跟妳和好的！

「是、是嗎……？」

Cosmos 的眼睛更亮了！很好很好！葵花，麻煩再加把勁！

「當然是啊！在跟小桑和好前，花灑他也拚命絞盡腦汁，想著怎樣才能跟他和好！想也知道，他對 Cosmos 學姊一定也是拚命在想！」

Marvelous！真的是各種謝謝妳！

但我的罪惡感卻成反比地不斷攀升，所以請妳差不多可以別再說了！

「真的嗎！」

Cosmos 的眼神完全復活！葵花，妳真是個美妙的兒時賤女人！

「是啊，Cosmos 會長！怎、怎麼說呢……雖然弄成這種尷尬的狀況，但我一直都想好好跟學姊道歉，還有道謝！只要是我能力所及，我什麼都願意做！」

「我、我好高興……」

只差臨門一腳了！好！既然這樣，這個時候就請求生力軍支援！

「當然，小桑也這樣覺得吧？」

我立刻用眼神對坐在身旁的小桑發出訊號：

「讚美，Cosmos。」

小桑一瞬間意會過來，對我眼睛一亮，發出訊號：

「我會，讚美 Cosmos。」

不愧是好朋友！真是個靠得住的男人！好想一直擁抱你到銀河的盡頭！

「當然！我也有夠感謝 Cosmos 學姊的！既覺得對妳道歉得還不夠，而且也完全沒有跟妳道謝！」

「道謝？我對你們什麼都……」

說得好！小桑，接著我也要上啦！

「怎麼會呢！當初我最慘的時候，Cosmos 會長和葵花不都幫了我嗎？妳們那樣，真的讓我好高興！我跟妳們兩位都要說謝謝！」

「嘻嘻！不客氣！那個啊，是 Cosmos 學姊提議『我們去幫花灑吧』！」

「是這樣啊！學生會長果然好厲害啊！」

「這、這個……被你這樣一說，就覺得好難為情。」

很～好，很好很好很好！花灑五郎的照護相當成功啊！

Cosmos 的心情已經愈來愈好嘍。

「我是要為午飯道謝！Cosmos 學姊做的菜真的有夠好吃的！」

「就是說啊！我之前也吃過，真的是好吃得不得了！Cosmos 會長，將來一定可以當個好媳婦！」

「會、會嗎……」

很～好，很好很好很好！桑五郎的照護也非常完美！

她害臊歸害臊，可開始寫起筆記本來啦！搞得定！

「所以好騙長……咳！Cosmos 會長願意跟我們和好嗎？」

「我也想跟 Cosmos 學姊和好！想要一起開心地聊天！」

我和小桑上半身有點往前靠，強勢地這麼一說，Cosmos 就難為情地用筆記本遮住臉，只把筆記本轉了半圈。結果上面寫著……

「小櫻愈來愈有精神了！來，只差一點點了！」

有個奇怪的吉祥物（Cosmo 君）用對話泡泡講出這種奇怪的台詞耶。

好煩！這種話有人自己在說的嗎！不，嚴格說來的確不是她，是 Cosmo 君說的啦……

而且她還從筆記本後面只露出眼睛，送來燦爛的視線……

「你們說的，是真的嗎？」

不妙！空出空檔後，聖光都黯淡了！總之不管誇什麼都好，得趕快誇她才行！

「那、那當然了！跟 Cosmos 會長處得不好的校園生活，就像不帶文具去考試一樣！對我來說，妳是不可或缺的人！」

「我也是！跟 Cosmos 會長處得不好的校園生活，就像沒有捕手卻站上投手丘一樣！球賽根本就不成立啊！」

我們拚命這麼說完，筆記本就緩緩下降，出現的是藏不住笑意的 Cosmos。

「真沒辦法啊～～！你們都說成這樣，我又怎麼能不跟你們和好呢？」

能和好我是很高興啦……但總覺得有些話說不過去……

「我也一直好寂寞，好想趕快跟你們和好喔～～我跟你們說，我一直都想繼續跟你們兩個當好朋友來往！實在是，真沒辦法啊～！」

我知道妳很高興了，不要用鉛筆一直戳我的手。

而且 Cosmos，妳對小桑的心意已經消失了嗎？雖然我都無所謂就是了。

「既、既然這樣……那個，花灑……」

「Cosmos 會長，怎麼啦？」

本校學生會長把模式從興奮少女轉變為忸怩少女。

她還有什麼要求呢？

「呃、呃……你們今天，等一下不就要去圖書室念書？那麼，如果不介意，希望也能讓我參加……」

她愈說愈小聲，但花灑之耳是順風耳，所以聽得清清楚楚。

「呃……請問學姊來要做什麼？」

「你、你想想！我不是高年級生嗎？所以，我就想說也許適合教你們……」

「咦！Cosmos 學姊願意教我們功課嗎？」

「真的假的！呀喝！這真的幫了我們超大的忙啊！」

這幾個傢伙動作也太快啦！不過也好啦，Cosmos 是三年級第一名的強者，這個提議應該值得高興。

「你、你們太誇張了啦……而且，花灑還沒答應……」

「我當然再歡迎不過了！請學姊一起幫忙，教他們兩位功課！」
畢竟在這個局勢下，實在說不出「用不著」這種話，而且我也不打算說。
似乎是這句話讓 Cosmos 非常開心，只見她露出燦爛笑容起身，雙手用力捧住我的手。
畢竟她都當學生會長了，大概是那種被人依賴就會很開心的類型吧。
「太棒了！那我們一起加油吧！花灑、葵花同學、小桑！」
於是，我們這一行加上 Cosmos 的四個人就開始朝圖書室前進。

*

比當初預計時刻晚了點走進圖書室，待在櫃臺的 Pansy 就淡淡地看了我一眼。
「你好慢。」
「我明明就用簡訊說過我會遲到。」
「也對。這次來的人就跟我的預料一樣了。真是太好了耶，能跟『每個人』都和好。」
別給我若無其事地噴毒。就說這件事已經結束了。
「呀喝！Pansy，今天要請多指教了！」
「妳好，Pansy 同學，我也要參加！」
「好的。妳們好，日向同學、秋野學姊。」

沒想到 Pansy 對待葵花和 Cosmos 還挺友善的。

我本以為她們彼此會更緊張地開口說話，但這大概就是女生之間的交情吧。

「還有大賀同學，你好。」

「那個，三色院同學……給妳添了很多麻煩……對不起。」

小桑和她們兩人不同，相當尷尬地低頭謝罪。我是跟他說過「Pansy 已經不生氣了」，但他多半沒辦法就這麼算了吧。

「不要緊，我已經不放在心上了。」

「可是……我……對妳……」

「是啊，你曾經試圖對我做出非常過分的事。可是，不也就只是未遂嗎？所以不要緊，你不要放在心上。」

我說啊，Pansy，妳這種體貼為什麼就不肯用在我身上？

一般的女孩子啊，對自己的心上人都會很體貼。這妳知道嗎？

看到妳對別的男生體貼，我就有夠不爽的耶。

「可是，『那件事』如果你能保密，我會很高興。」

「那當然！我對野茂發誓，絕對不會說！」

對野茂發誓對嗎？不過，也是啦，畢竟小桑就是喜歡野茂英雄嘛。

喜歡得甚至會把橡皮擦的紙套剪掉一半，喊說：「這是ＮＯＭＯ橡皮擦！」所以想必對

野茂發誓準沒錯。（註：棒球投手野茂英雄的姓氏「野茂」，羅馬拼音即為NOMO）

「小桑，Pansy 也說沒放在心上了，你就別在意啦。」

「好、好！」

我輕輕拍了拍他的背鼓勵，他就開開心心地抬起頭。

想必他真的非常高興，只見他的笑容都在熊熊燃燒。

「總之，我們還是去閱覽區吧。要人教的是小桑跟葵花……」

「如果不介意，花灑和 Pansy 同學的功課我也會幫忙教！我都準備好了！」

「喔，這可幫了我大忙。Thank you 啦，Cosmos 會長。」

「包在我身上！」

話說，妳都準備好了，這也就表示妳從一開始就打定主意要跟來嘛。

她拿出粉紅色筆記給大家看，顯得好開心啊。

＊

我們五個人抵達閱覽區，各自找位子坐下。

順便說一下座位順序，我兩邊分別坐著 Pansy 和小桑，對面坐著葵花和 Cosmos。

Pansy 泡了五人份的紅茶，從包袱巾裡拿出餅乾，放在正中央。

她幫忙準備好所有人的份固然令人感激，但只有我和 Pansy 的杯子上寫了名字，而且拼在一起就會變成愛心，這真的是饒了我吧。

「好～～！那麼，首先我來說明念書的訣竅和方法！今天就從數學開始！」

等眾人準備完畢後，Cosmos 高高興興地站了起來。

三年級成績第一名，前途無量的學生會長 Cosmos 到底是用什麼方式念書，的確讓我有興趣。

「念書這回事，基本上就是得背誦，數學也不例外。說穿了就是要學會各種公式和題型。一看到這個問題，就套這個公式去解。所以，最好的方法就是解很多問題，同時記住公式和題型！」

喔喔！這可飄來了一陣濃濃的靠得住的預感啊！

「所以呢，我準備了五千種數學題型！乍看之下你們可能覺得今天做不完，但是儘管放心！原來啊，只要每兩秒答完一題，照算下來三個小時就能做完！不能眨眼的確是個難題，不過應該不是問題吧。」

秋野櫻是魔鬼。任何人都不該相信她說的話。

真虧妳準備得出這種會把人類的精神和眼球都榨乾的方案。

Pansy 始終態度平淡，所以大概看不出來，但妳看看小桑和葵花吧。

他們可不是聽得啞口無言，然後忍不住露出嚇得發抖的表情了嗎？

「呃……這未免太……」

「我明白的，花灑。現在時間是十六點二十分，從現在開始花上三個小時，就會超過圖書室的閉館時間，你要說的不就是這麼回事嗎？但是，這也不出我所料！我已經以學生會長的身分請老師們批准，讓我們今天可以熬夜使用圖書室！」

妳什麼都不懂，偏偏準備得特別周到！

「好～！那我們馬上……」

「請等一下，Cosmos會長。」

「嗯？什麼事啊？」

「我姑且問問。Cosmos會長，過去曾經教過別人功課嗎？」

「呵，花灑，你這就是蠢問題了。」

喂，會走路的蠢問題，馬上給我收起妳的跩臉。

「當然有了！我教同班同學的經驗非常豐富！」

「妳用的方法跟現在一樣？」

「沒錯！當時我包下學生會室，整整一週不眠不休地教！」

「那結果怎麼樣？」

「大獲好評！我教過的每一個人都重新振作起來說『以後我會自己努力！』。雖然不知道怎麼回事，後來有好一陣子，大家都叫我『貴婦』。這個外號跟我可不是非常搭調嗎？」

「沒有這種事。還不就是『鬼婦』嗎？這個外號跟妳可不是非常搭調嗎？」

「哎呀～被你這麼一說，我會害羞啦～」

那麼，該拿這個什麼都沒搞懂的瑪麗呆后怎麼辦呢？

我朝葵花一瞥，看見她用視線表示「阻止這個人」；而小桑則似乎做出了覺悟，還擺出像是達爾錫（註：格鬥遊戲《快打旋風》系列的人物）的蓮花座姿勢。

精神被瑜珈的準備弄得非常周到。

「秋野學姊，我想文科跟理科還是分開讀比較好，所以日向同學的國語類科目就由我來教。日向同學也覺得這樣比較好吧？」

「嗯！我對國語類科目有夠沒轍的，所以請 Pansy 教我！」

「是、是嗎？也是啦，畢竟從不拿手的科目補起，應該會比較好啊……好吧！」

啊，妳們兩個也太卑鄙啦！不要把棘手的人塞給我，只顧自己逃走！

啥？這狀況，我們要自己想辦法？話說我身邊這個可靠的同伴整個瑜珈起來了耶。

「那好，花灑，事不宜遲，我們也……」

「慢著，Cosmos 會長。」

「嗯？總覺得剛才也有人這樣說……什麼事啊？」

思考。思考啊我……我要想出可以擺脫這魔鬼方案的方法！

「這、這個，就是啊，Cosmos 會長是想教我們所有人功課吧？」

「嗯，我是這麼打算啊。」

「可是，離考試已經沒有那麼多時間了，所以我想一次要教四人應該會很辛苦。」

「的確是辛苦，但只要把到考試之前的睡眠時間縮減到一天三十分鐘左右，就還應付得了喔。」

麻煩請至少以小時為單位。

「我們不能這麼麻煩學姊。所、所以，我有個主意。」

「喔喔？說出來聽聽吧。」

欸，為什麼這個人想叫人用這麼離譜的方法念書，卻還這麼高姿態？

「呃……就是啊……對了！就是猜題！」

「猜題？」

Nice 靈光一閃！今天的我本來就有種如有神助的自信，現在自信更成了確信！

「是的！Cosmos 會長，請妳出一份預測這次考試會出的題目跟解答！然後——」

「放心吧！這也不出我所料！我都準備好了！」

咿咿咿咿咿咿！這個人也太料事如神啦！

「那今天就進行出題的準備，小桑的功課就由我來教！然後 Cosmos 會長就請去寫猜題的題庫！」

「這也沒問題。我已經準備了二十種左右，所以很夠用，你是白擔心了！」

這女人……簡直像網走監獄一樣毫無漏洞，把退路都完美地封死了……

「可是……也對，我的確還不明白大家的程度到哪裡，今天就讓我觀察一下情形，然後再配合個人來出題庫，這種方式也……」

「很可行！贊成！我舉雙手贊成！Cosmos 會長果然有一套！靠得住！」

「會、會嗎？總覺得被你誇獎就很不好意思耶。」

她害羞的模樣很可愛，但我不能被騙！她的內在是魔鬼！是鬼婦！

「我明白了！那今天我就先看看大家的學力，然後再配合大家來出題庫！」

「好的！有勞學姊了！那麼，達爾……不對，小桑，我們開始念書吧！」

我把身旁正要涅槃的小桑叫回來，開始了這場讀書會。

我覺得 Cosmos 她啊，腦筋雖然好，偏偏好到繞了一整圈回來，終究是個傻子。

我們開始念書過了一個小時，目前我正在教葵花，Pansy 則是陪小桑念書。

「Pansy 的餅乾好好吃喔！」

「是嗎？謝謝妳。」

葵花右手拿著鉛筆，左手拿著餅乾，開心地嬉鬧著。

「這真的很好吃呢。Pansy 同學，下次可以教我怎麼烤嗎？」

「好的，沒問題。」

Cosmos 也顯得很佩服，吃餅乾吃得津津有味。

「大賀同學也可以吃啊。」

「我不用了！因為我是炸肉串派，不是餅乾派！」

小桑多半是還在跟她客氣吧，其實已經露出一臉想吃餅乾的表情。

但他們兩人的交情應該不用我插手吧。

小桑是個有夠善良的傢伙，Pansy 的話我雖然討厭，但她也……心地不壞。

現在 Pansy 正好在教小桑功課，相信有這個機會，總會改善一點。

倒是來這裡之前，我偷偷問了小桑對 Pansy 的心意，得到的回答非常含糊，說是「我有很多事情要做，所以要以這些事情為優先」。相信他一定還頗不能忘懷對 Pansy 的心意。

即使如此，現在他似乎想和 Pansy 建立好的朋友關係，所以不再用以前那種有點讓人不舒服的陽光口氣，改用平常的熱血聲調跟 Pansy 一邊閒聊一邊用功。

「三色院同學！我最近很迷爵士樂！」

「是嗎？你聽什麼樣的曲子？」

「史密斯飛船！」

這爵士樂可真夠搖滾。

為什麼他會覺得史密斯飛船算是爵士樂呢？

……嗯，沒關係啦。相信他們聊那個一定可以聊得很開心吧。

「花灑，這樣有答對嗎？」

我正看著他們兩個，葵花就整個人往我這邊湊過來一點，拿筆記本給我看。

「很好，完全正確。妳學得很好嘛。」

「嘻嘻！只要好好努力，該會的我也都學得會！」

我一誇獎答對問題的葵花，她就格外開心地挺起胸膛。

「花灑，給你的題庫寫好了，我就先交給你吧。」

「謝謝……等等，這最後一題是怎樣？」

我仔細看了看從 Cosmos 手上接過來的猜題題庫，看到最後一道題目是「秋野櫻的優點是？」。這一題和考試的題目沒有半點關係，也沒有半點意義。

「有一點玩心不是很好嗎？不想答的話，不答也沒關係。」

「是嗎？」

「是啊。」

Cosmos 露出平靜的微笑看著一臉狐疑的我。她看起來似乎格外開心，所以我也不多說什麼了。

＊

時間轉眼間就過去，不知不覺已經到了最終離校時間，所以我們收拾書包，離開了校舍。
雖然約有一名發神經的學生會長還嘀咕著「虧我還申請了熬夜使用圖書室的許可……」，但其他所有人一致決定無視。
「嗯嗯～～！今天讀了好多耶！小桑！」
「沒錯！照這樣下去，考試根本是手到擒來！」
葵花和小桑歡天喜地走在最前面。
想必是過去念書念得多辛苦，今天的進展就有多令他們開心。
「Pansy 同學好厲害。就國語文科目而言，我實在不是對手耶。」
「秋野學姊才厲害呢。那種猜題題庫，我就寫不出來。」
只是話說回來，今天最令我放心的就是 Pansy 和我以外的人也都好好說過話。
像現在，她也和 Cosmos 要好地一起走在興奮二人組身後聊天，而且這女的雖然從平常就讓人搞不清楚她在想什麼，但看來並不是怕生。
「對了對了，Pansy！明天妳可以也做點心來嗎？」
葵花回過頭來笑著問 Pansy。可以充分感受到她的期待感。
「只有今天。我從明天起就不參加讀書會了。」
「咦咦！是這樣喔？好寂寞耶……」
妳是因為沒有點心而遺憾，還是為了 Pansy 明天就不在了而遺憾？

……大概這兩者都有吧。今天這麼一天下來，葵花對 Pansy 還有她做的點心多半都很中意吧。

「就算沒有我在也沒問題的。不是有花灑和秋野學姊會教你們嗎？」

「話是這麼說沒錯，但我還是希望 Pansy 也在！因為 Pansy 妳真的好會教喔！好不好嘛，明天也一起來嘛！一定會很開心的！」

「我也贊成葵花。Pansy 同學教得很細心又比花灑有耐心，我覺得妳很適合教人。」

為什麼會拿我當比較對象？而且跟我比起來，妳更是遠遠不適合教人啊。

「請問這是什麼意思呢？」

「就是這個意思。」

對於我這滿懷不滿的一瞪，竟然用平靜的笑容回答……這是哪門子的學生會長？

「這沒什麼，別放在心上！我可是很喜歡花灑的教法啊！」

不愧是好友！果然最靠得住的還是小桑！

「可是，我……」

「妳國語文科目全學年第一名，成績也名列前茅，我想不管妳說什麼，聽起來都只會像藉口喔。」

我不打算放過這個機會，立刻插嘴。

來，之後就拜託妳們啦！葵花，Cosmos！

「花灑好壞心！這樣講，Pansy 多可憐！」

「花灑，你講話就不能委婉一點嗎？我覺得剛剛那句話很傷人喔。」

喂，我自認剛剛那樣講可是在幫妳們耶。為什麼我就非得被妳們埋怨不可？

「也是啦，剛剛那樣講的確是花灑不好啊。」

連小桑也這樣！該死，我的好朋友有時候好嚴格……

「那 Pansy，怎麼樣？明天要不要也一起來？我們一起念書嘛！」

「我也希望妳務必在場。難得有這機會，我想跟妳好好認識！」

聽葵花和 Cosmos 這麼說，Pansy 臉上儘管仍是一貫的面無表情，卻顯得有些不解。

我雖然不打算伸出援手，但我本來就是希望她參加的一派。

「花灑。」

「幹嘛啦？」

過了一會兒後，Pansy 才淡淡地對我說：

「明天，要準備什麼點心才好？」

「啥？」

「我在問你點心。今天我烤了餅乾來，問你明天要準備什麼點心才好。從你目前吃過的點心裡挑出你覺得最好吃的一種。當然是選大家都覺得好吃的點心比較好吧？」

「是喔……」

以妳來說，這說法還真有心。

「咦！這麼說來，Pansy 明天也肯來是嗎！」

「是啊。日向同學和秋野學姊人都那麼好，不像某人。」

「太棒啦！就是說啊！我和某人不一樣，人很好的！」

「我好高興！而且我也有自信比某人要好！」

這幾個女的……！虧我的時候倒是很開心地勾結在一起嘛……

「那花灑，你可以趕快回答什麼點心才好嗎？」

Pansy 的點心基本上什麼都好吃，但要說最好吃的……

「馬卡龍吧。」

「哎呀，就是某人說好吃得想把我娶回家的那種是吧。」

「少囉唆！」

竟然給我嘻嘻一笑，這樣多嘴。這一點還是一樣煩人，但今天就原諒妳吧。

因為雖然有過很多辛苦，但從最終的結果來看，的確營造出了我所期望的狀況啊。

本大爺就覺得以我而言未免太順利……

第三章

「早啊，花灑！」

「痛死啦！」

隔週的星期一早晨，我正走在通學路上，背後就傳來活潑的喊聲，背上更傳來劇烈的衝擊。

「花灑，早上該打的招呼不是『痛死啦』，是『早安』啦！」

晚了衝擊半拍後，興高采烈的葵花湊過來細看我的臉。

「那妳就不要一大早用力拍我的背！給我正常打招呼！」

「這就是我的正常嘛。」

哪怕我憤而抱怨也全無效果。

和葵花恢復到這種跟以前一樣的關係的確令人欣喜，但早上慣例儀式的復活就不太能歡迎。既然都好好和解了，取消這種鬼儀式就是下一個……

「嘻嘻嘻！早上還是要跟花灑一起走才對！」

還是別拿來當目標吧。葵花滿臉笑容，一種柔軟的觸感緊緊貼著我的手臂，我應該要避免讓失去這些的事態發生。

「期中考，謝謝你喔！我和小桑都有及格！」

我們兩人並肩行走，葵花自豪地說出這句話。
今天她的好心情裡多半包含了期中考的解放感與成就感吧。
「對啊，你們都那麼努力嘛。」
關於上週進行的期中考，我們的奮鬥沒有白費，葵花和小桑都順利避免了不及格的情形。
這份猜題題庫的命中率高得令人想質疑她是不是根本就去偷了考試題庫來。不只對葵花和小桑，對我和 Pansy 的成績也產生了很大的影響。
而其中最厲害的，應該就屬 Cosmos 的猜題了吧。
我的分數大約比平常高了十分。至於 Pansy……
「Pansy，妳好厲害！妳考到全學年第一名了！」
就是這麼回事。只要遵守用量與用法，鬼婦就非常靠得住。
「花灑花灑，說到這個，我們班在百花祭要展什麼？」
「記得是展出日本遊戲機的歷史之類的東西。」
五月進行的本校傳統活動百花祭和一般的校慶貌同實異。
校慶的名稱叫作「繚亂祭」，是在九月舉辦。
那麼百花祭又是什麼呢？簡單說，就像是一種由學生們舉辦的成果展。
各班與各社團分別就一個主題進行研究與調查，然後展示出來。學生們之間對這個活動另有個稱呼，叫作「維基老師大活躍展覽」。

「是喔？那是要展紅白機之類的？」

「不是。要先從 TV Tennis 開始。」

真是的，紅白機是第三世代遊戲機，葵花完全弄錯了。

沒辦法。這種時候就由我好心地細說遊戲機的歷史吧。

「妳聽好了，日本首先是由 Epoch……」（註：TV Tennis 是由 Epoch 於1975年9月12日發售的日本第一款家用電子遊戲機）

「算了，沒關係啦！只要大家可以一起，不管做什麼都會開心嘛！」

啊，喂！我正要熱情地開始講解 TV Tennis 和 Cassette Vision（註：Epoch 於1981年7月30日在日本發售的第二世代家用遊戲機），妳卻已經完全不想聽了？妳這女的，對自己沒興趣的事情還真的是聽都不想聽啊！

「好！那花灑，我們一路快跑到學校！」

喔？自己沒興趣的事情就全力無視，而我不但沒興趣甚至根本不想做的事，卻想強制我做……哪怕她抱住我的手臂，這種行為我可不能姑息。

「知道了，妳加油吧。」

所以我把葵花緊緊抓住的手輕巧地抽了出來，輕輕揮手送她離開。

「咦？為什麼？之前你都肯跟我一起跑……」

不安的表情加上低姿態的目光。這攻擊很不錯，但別以為對現在的我會管用。

「我說妳喔，我又不是參加運動社團還怎樣，怎麼可能每次一大早就想這樣跑？所以要跑妳一個人去跑。」

總算說得出口了……我總算能夠抗拒葵花的大清早快跑上學啦！

「咦～～！我才不要！早上跟花灑一起跑步上學是我的規則！」

「規則這種東西是為了大家而存在。只考慮到妳的規則，我才不管。」

「唔！」

搞不懂妳有什麼好擺臉色給我看的。怎麼想都是我說的話才對吧。

「看我的！」

葵花氣不過，伸手過來抓我的手，被我輕巧地躲過。

愚蠢。妳的行動模式，我早就掌握得一清二楚。

「嗚嗚……！」

眼淚在眼眶裡打轉，嘟起嘴的模樣，說可愛是很可愛，但沒有可愛到留得住我。

嗯？她慢慢朝我逼近啦。我看是又想抓我的手吧。

「啊！好過分！」

因此我就像要喊萬歲一樣高舉雙手。我知道她的運動神經非常好，但這樣她總抓不到了。

身高一七〇和一五五，差距一目了然。

「來，加油吧。只要妳抓得到我的手，要我陪妳跑也行。」

「你說的！我絕對會抓到！」

喂，妳臉上那種找到新遊樂設施似的開心表情是怎樣？

我話說在前面，就算妳擺出可愛的表情，我也不會把手放低……

「呀！嘿！」

不對吧？葵花在我的正前方蹦蹦跳跳，身體貼我貼得有夠緊。

不妙……聞起來香香的。這種像是柑橘類的清爽香氣……

「嗯咻！成功啦！抓到了！嘻嘻嘻。」

這一瞬間的大意成了致命傷。我被葵花的美色迷住，不小心放低了手。

這就是傻妞型賤女人的可怕之處嗎……明天我要努力把手往上伸更久。

「那這次真的要跑嘍！要放開來跑喔！Let's dash！」

「……好啦。」

到頭來不管露不露出本性，我的早晨似乎都沒什麼兩樣。

受不了……真拿她沒轍啊。

＊

「早啊！各位同學！」

葵花快活的喊聲在進入教室的同時響起。

「累、累死我了……」

相較之下，我的體力則榨得一滴不剩，所以搖搖晃晃地走向自己的座位，趴到桌上。真是沒轍……從大清早就這麼倒楣。那我就好好休息吧。

「……嗯哼哼哼。」

哎呀，這可不成。我一個不小心，忍不住發出了像是暗殺目標會有的笑聲。

雖然知道不可以採取這樣的態度，但終究抗拒不了本能。

畢竟最近的我也太順了吧？

和葵花、小桑還有 Cosmos 都順利重修舊好。

也因為曾經吵過一架，彼此都袒露出了自己骯髒的部分，讓我甚至覺得我們的關係變得比以前還好。

哎呀～～！我啊，真的好努力呢！努力最棒了！重修舊好 Wonderful！

而且啊，搞不好葵花和 Cosmos 會順理成章地對我產生那樣的感情，展開一種愉快又痛快的故事！真是沒轍……光想就覺得前途多災多難啊～～

遲鈍純情ＢＯＹ已經太老套啦！這年頭流行的是無奈被牽著走ＢＯＹ！

「不好意思，花灑，你現在方便嗎？」

「喔，怎麼啦，翌檜？」

我正得意忘形，翌檜就從一旁蹦蹦跳跳地跑來。

不知道怎地，她心情非常好，笑得好開心。

「其實我有話要跟你說，希望你跟我一起來。」

「在這裡不方便說嗎？」

「也是啦！在這裡是有點不方便！」

在這裡不方便說的話？我對翌檜做了什麼嗎？沒有，我沒做什麼吧。

可是，說不定我在沒有自覺之下做了不該做的事，這樣的可能性也不是沒有……

「好。那就走吧，翌檜。」

「好的！謝謝你！」

也好。比起我自己想破頭，還不如直接聽翌檜說出答案來得快。

於是我慢慢從座位上站起，和翌檜一起離開了教室。

*

「在這裡就不會被任何人聽見了耶！」

「也是啊。」

我和說話聲調極為雀躍的翌檜來到的地方，是屋頂。

說到這裡才想到，我上次來這裡已經是把戰帖丟進小桑鞋櫃的那次了。

呵，我從那之後可是長進了不少啊。

「所以，妳要跟我說什麼？」

不過也是啦，還是晚點再來陶醉在感慨當中吧。

現在應該先做的事是了解翌檜說在教室不方便跟我說的內容。

「啊哈哈哈！的、的確是啊……」

嗯？怎麼啦？翌檜怎麼講話突然變得這麼含糊？

而且仔細一看，發現她的臉頰也微微泛紅，還不跟我對看。

「就、就是……」

難道，翌檜她對我……！……不對不對不對！不會不會不會！這沒可能！

「其、其實呢……我……」

要在這個時候採用新女主角？就說這樣太貪心了啦！這是哪裡的愛情喜劇啦！

「我一直想著花灑！」

是這裡的愛情喜劇！咦？真的假的？真的嗎？咦？這是真的？

可是她說了吧？她說了一直想著我吧？

而且說是在教室裡不好說的事，也就是那個……該、該怎麼辦？

呃，翌檜是很可愛，我也覺得她人很好。可是，我們彼此之間還有很多不了解的地方，應該再多以朋友的立場相處久一點……可是，我可以錯過這個機會嗎？

「就、就這麼站著說話也有點那個，我們過去那邊吧！」

翌檜難為情地流著汗，指向屋頂上的一樣東西，過去坐了下來。於是我也乖乖跟過去，在翌檜坐的……給我等一下。

就在前不久，我才為了和小桑重修舊好，和葵花一起來到屋頂。

但那個時候並沒有這個東西。當時我朝四周看過，整個屋頂上絕對沒有這樣東西。

現在卻……現在卻……！為什麼現在……會有一張長椅？

「哈哇哇……」

冷、冷靜啊我！現在不是發出軍師式慌亂喊聲的時候了！

還不確定是那麼回事……

「啊，呃……首先，可以請你在我身邊坐下嗎？」

不要講這句台詞啊啊啊啊啊！

「……知道了。」

我吞了吞口水，照翌檜的吩咐走向長椅上她的左側……但她卻莫名挪動位置，讓我被迫坐在右邊。鐵打不動的「右邊」。

然而，即使我乖乖聽話，翌檜卻不說下去。

拜託不要啊……不要把頭髮捲著玩……好的！她捲了！

「這個……！嗚……！」
不要難以啟口又忸忸怩怩！變回平常的翌檜啊！妳回來啊！
「其、其實呢……那個……我一直想著花灑……」
……不對，慢著。直到上一個案例，在這個階段都從未講出人名。
可是這次，翌檜明明白白說出了我的名字。也、就、是、說！
是不是還有機會？這會不會是天神給我的獎賞？
「一想到花灑，我就覺得胸悶，光是每天能夠見到花灑，就讓我真的好雀躍。所以，雖然我覺得這樣很自私，但仍然硬是製造藉口跟花灑說話……」
看吧！看吧看吧看吧！她講了好多次我的名字！
而且回想一下！從上一次到現在的統計數據，是小桑2、我1、魔王1！
到了這一次，我總算不是沒有可能在次數上追上小桑了！
我有強烈的預感，覺得事情會很大條！還有和天神交涉的餘地！
「花灑……」
翌檜說著把臉湊了過來。慢慢地，但又確實地接近。
這實實在在是少女墜入情網的表情。真是沒轍……真沒辦法啊～
而當我們接近到彼此呼出來的氣息都會噴在對方臉上時，翌檜用力閉起了眼睛。
花灑！Show time！

「你是用雜碎跟下流濃縮而成的史上最可怕的女性公敵！」

…………Pardon？

「呃、呃……？」

「花灑，你現在正在三劈吧？」

「我、我三劈？請、請問是劈誰呢？」

「……哼！裝蒜也沒用的。」

不不不！別說裝不裝蒜，我根本就不記得有這回事耶！

「契機是去年棒球校隊打進的地區大賽決賽！」

又來啦！那玩意又來啦！等等，是怎樣從那裡連結到三劈的！

「當時，大家都在一壘方向看台為我們學校的棒球校隊加油，你卻用下流的目光看著一小段距離外的一位胸部很大的女性。你的眼神非常可疑！」

呃，我的確是有看啦！當時我的確不知道她其實是魔王，一直看著她沒錯啦！

我忍不住拖泥帶水地想挪到看得清楚的位置，結果被界外球當頭打個正著，有夠痛的耶！現在我知道妳覺得我可疑的起因了，可是三劈是從哪裡來的啦喂！

「所以，我就想到了！想到說不定這個眼神下流的人是個因為太喜歡漂亮女生，只要是為了滿足自己的慾望就能拋開道德的人！」

妳的想像力也太厲害了吧！真虧妳想得出這種結論！

我是很喜歡漂亮女生沒錯啦！這點我是沒辦法否定啦！

「等、等一下！這也許是事實，可是這和三劈沒有關連吧！」

「我就知道你會這麼說。可是花灑，請你捫心自問。」

「哪有什麼問不問的！別說三劈了，我根本就沒和任何人交往！」

「唉……如果你能乖乖認罪，本來可以不用那麼囉唆的耶……沒辦法。」

翌檜一副沒轍的模樣嘆氣，連連搖頭。我真想把彈性皮砸到她臉上。（註：日文中連連搖頭的形容詞「フルフル」，與電玩遊戲《魔物獵人》中的一種飛龍同名，從該種龍身上可以剝取「很有彈性的皮」）

「既然如此，我就說出來吧。花灑，你對葵花、Cosmos會長、三色院同學這三個人劈腿，玩弄她們的感情，沒錯吧？你利用了她們純真的心意！」

我就覺得可能是這三個人，沒想到竟然真的是她們！我跟她們之中的哪個都沒在交往！

「哪有可能！而且關於Pansy，我根本是受害者！」

「竟然把自己的罪過推到女性身上！難看也該有個限度！妳玩弄她們三人感情的證據已經掌握在我手裡，乖乖認罪吧！」

「證、證據？」

我為什麼口氣會變得像是被逼得無可推託的犯人!?可是，照理說應該不可能有證據。

「哼哼哼。」

翌檜發出剽悍的笑聲，俐落地從口袋裡取出一張照片拿到我面前。

「第一位受害者……葵花。花灑，你每天都和葵花手勾手或牽手一起上學，沒錯吧？」

第一張照片拍到的是葵花在通學路上滿臉笑容抱住我手臂的情形。

不對……如果只是這樣，在教室之類的地方，她也會這樣來跟我鬧著玩吧……根本從以前就是這樣嘛。

「第二位受害者……Cosmos會長。花灑，前幾天你抓住Cosmos會長的肩膀，嗓子放得很粗，大聲強迫推銷愛意，沒錯吧？」

第二張照片拍到的是Cosmos肩膀被我用力抓住，聽我呼喊的情形。

我這才想到……那個時候，翌檜也在場啊，而且還帶著相機……咦？這會不會不太妙？

「第三位受害者……三色院同學。你和三色院同學打得可真火熱，還用了情侶對杯，沒錯吧？」

第三張照片拍到的是放在圖書室裡的那兩個寫著名字的杯子緊密拼在一起，完成一個愛心形狀的情形。

Pansy～～～！東西用完了要好好收起來啊！妳搞什麼飛機啊！

「還有以前你們兩位在夜路上深情對望，我也順便都目擊得清清楚楚！」

翌檜，原來妳在場！我可完全沒發現啊！

「好了，花灑，這樣你還敢堅稱你跟她們之間沒有任何特殊的關係嗎？」

我要堅稱！我想堅稱，但大概是堅不起來！有困難！

……不妙。好死不死偏偏是被翌檜誤會……這可相當不妙啊。

翌檜是校刊社的好手，而且這女的就曾透過校刊報導創造出許許多多的傳說。

有一次，她對一對兩情相悅但患得患失的男女寫出一篇細膩描寫表白有多美妙的報導，讓男方對女方表白，撮合了這對情侶。

又有一次，一個女學生遺失了她很寶貝的鑰匙圈，於是翌檜寫出一篇讓大家想幫忙尋找的報導，促使周遭人們協助，最後順利發現鑰匙圈。

還有一次，她甚至查出連 Cosmos 都未能掌握的劍道社前社長盜領社費花掉的事實。

就像這種種事蹟所示，她的調查能力極佳，從某個角度來看，比 Cosmos 和葵花更有影響力。

要是這樣的她狠狠寫下我的三劈報導……今後我的校園生活有可能就此前途黯淡，甚至可能因此落入比上次失去立場時更深的絕望當中。

「等、等一下！妳說的都是真的，可是我跟她們又沒有……」

「花灑，請你用常識思考一下好不好？」

妳都不聽我說話嗎！對喔，我都忘了她是個先入為主，埋頭衝到底的類型……

「一個男生和好幾個女生像笨蛋情侶那樣亂曬恩愛，卻又堅稱他們之間沒有特別的關係。要知道說這種話能讓周遭都信服的，算來算去也就只有愛情喜劇的主角喔。這在現實中是不可能發生的！」

這個現實對我來說太嚴苛了！該死！我都忘了我是路人！

如果我是愛情喜劇的主角該有多好……如果我是愛情喜劇的主角，就可以做這種事情啦啊啊啊啊！

「你三劈的行為，我絕對不能認同！怎麼？你是打算講出『我每個人都喜歡，所以會讓大家都幸福。哪怕這條路走起來有多艱辛，我都做好覺悟了！』這樣的話嗎？請不要開玩笑了！真正艱辛的是女生！女生就是會希望一個男人只看著自己！我不許你因為自私而把她們當白痴耍！」

「開什麼玩笑！不用扯什麼覺悟還是自私，我根本就沒做這種事！我就只是想跟大家好好相處！翌檜，妳聽好了，妳知不知道其實沒做這種事的人被旁人擅自認定有做是多麼痛苦？我想過開心的校園生活！我明明是為了度過充實的青春而努力，結果全部……結果全部！都被旁人擅自誤會而毀了！我明明真的什麼都沒做！就只是想要培養友情的機會！」

啊啊……自己說著說著都想哭了……

「坦白說，我完全沒辦法相信。」

「那妳要我怎樣！妳要怎樣才會相信我？」

「唔……來這招啊？」
除了這招還能有什麼別的選擇！
還給我用手指敲著額頭思考。妳是在演古畑任三郎嗎！這梗還真老！
「呃，那就這麼辦吧。以後我要對花灑貼身採訪一陣子。」
「什、什麼？妳的意思就是說，只要能撐過妳緊緊貼在身上進行的色色採訪，妳就會認為我沒有三劈了？那我歡迎得很……」
「由我親自牢牢監視你的校園生活，等到去除了三劈疑雲，這件事就當作結束。」
啊，被忽略了。我本來還指望化危機為轉機，但沒能如我所願。
「可是，如果你做出我想像中的低劣行徑……後果你應該知道吧？」
我不想知道。
「順便告訴你，現階段我寫出的有關你的報導，大概是這樣！」
翌檜面帶笑容，不知道從哪兒掏出的物體是在校內發放的報紙。
我接過來仔細看了看其中一版，結果……
「這是什麼鬼東西啦啊啊啊啊！」
我忍不住對太陽怒吼。那當然了。畢竟我從翌檜手上接過來的報紙，上面大大地寫著：
「雜碎的極地．如月雨露！對三位女性極盡蹂躪之能事！」
「請你放心，我沒提到各位受害者的名字，而且也還沒發出去！因為這篇報導是打算放

在要在百花祭發放的特刊上。所以，我對花灑進行貼身採訪的期間，只到百花祭特刊要發放出去的前一天！而我會根據你到那一天為止的行動，變更這篇報導的內容！」

這種東西會在百花祭上發放出去？怎、怎、怎麼辦……

百花祭這個活動不只是本校學生參加，還會有外校學生和學生家屬來參觀。而且校刊社編寫出來的報紙會在校門口確實發給每一位來賓。

有膽子就讓這種事情發生看看，我今後的高中生活肯定會完蛋。

這下說什麼我也得阻止翌檜的三劈報導發布出去啊……

「好了，我們回教室去吧。接下來有一陣子要請你多多關照嘍，花灑。」

我要思考……思考有什麼方法可以擺脫現在這種來得唐突而且超乎想像的困境……有、有了！

這次的事情，一切原因就在於我明明不是愛情喜劇的主角卻做出愛情喜劇式的行動。也就是說，答案就在相反的方向。我只要謹守路人的本分，做出比上次更路人的行動就行了！

我對校內的活動多少要參加，但不做任何多餘的事！

要躲開所有愛情喜劇事件！這是我的一場一點也不有趣的青春路人劇！

我不當別人的戀愛軍師，什麼事也不做。我就度過一段一丁點意思都沒有的路人青春給妳看！

實在沒轍……我也沒辦法……才怪！我也想享受正常的青春啊！

＊

從屋頂回到教室的路上，身旁有一隻把馬尾甩得蹦蹦跳跳的魔鬼。

「我話先說在前面，我真的什麼都沒做。妳對我貼身採訪也沒用的。」

「如果真是那樣，那也沒有關係。只要知道花灑什麼都沒做，我就會寫成報導，這件事就這麼結束！」

我狠狠瞪她，但沒有效果。翌檜始終笑咪咪地走在我身旁。

該死。真的是……不，就別再對現狀抱怨了。抱怨也沒用。

總之現在為了避免繼續加深誤會，我非得避開無謂的事件不可。

眼下會帶來危險愛情喜劇的，就是教室裡的葵花和圖書室的 Pansy 了吧。

就快回到教室了，我就在自己的座位上仔細思索要怎麼應付這兩個人……

「嗨！我一直在等你呢，花灑！」

啊！野生的 Cosmos 跑出來了！花灑要怎麼做？

【戰鬥　道具　花灑法術　逃走】

▼逃走！▼逃走！▼逃走！

「喂喂，你要去哪裡啊？不要當作沒看見我這個學生會長好不好？」

跑不掉！

「怎、怎麼了，Cosmos 會長？」

學生會長會唐突地跑來教室找我，這是哪裡在演的愛情喜劇啦！

為什麼妳看到我戰戰兢兢的表情，卻能維持這麼笑咪咪的少女笑容？

「話說，我滿心只有覺得會很有趣的預感呢。」

馬尾魔鬼在我身旁九十度，拿起紅筆擺好架式。正面有著從筆記本裡輕輕抽出一張紙的少女魔鬼。天使的化身花灑陷入重大危機。

「登登！你看這個！」

Cosmos 罕見地以不符合她形象的興奮聲調，把從筆記本裡抽出來的紙張遞到我面前。

上面寫著我、葵花、Cosmos……以及其他我不認識的女生名字。

這到底是在搞什麼？

「恭喜你，你被選為花舞展的男生代表了！所以我希望你放學後的時間可以空下來！因為我想跟你排練花舞展的舞！」

「……什麼？」

我想以前我對「翌檜」解釋過，但現在還是再次補充還有複習「花舞展」的內容吧。

所謂的花舞展，是一個非常受歡迎的活動，一名男牛要和輪番上陣的三名女生共舞。到這裡是複習以前講過的，接下來就是補充說明。

本校代代相傳的花舞展有著一個「傳說」。

那就是「被選上參加花舞展的男生一定會和被選上的三名女生之中的一個修成正果」。

實際上，去年與前年獲選代表參加花舞展的男生，都和獲選的三名女生之中的一個交往，聽說畢業生當中還有人就這麼結婚了……

不過似乎也有些年不是這樣，所以令人半信半疑。但對想要男女朋友的青春高中生而言，的確是個不能錯過的活動，自然是非常受歡迎。

而這花舞展選出出場代表的方法有點特殊，其實男女是以不同方式決定參加者。

這是因為這個活動每個人都想參加，要是採取募集參加者的方式，情況就會不可收拾。

於是，首先女生的人選是以投票形式的推薦來決定。

全校學生各自認為該由誰來跳舞，就在紙上寫下這個人的名字交出去，得票數最多的三個人就會得到參加花舞展的資格。從某個角度來看，多半和選美有相近之處。

但以些微之差而沒能擠進前三名的女生也並非全無機會。

例如說，去年被選為一、二名的人物……講白了就是 Cosmos 和葵花，她們兩個就不約而同地辭退了。

當時會有這樣的結果，是因為 Cosmos 要以學生會副會長的職務為優先，葵花則以網球校隊在百花祭的業務為優先。而在這種情形下，當然就由第四名以下的人選遞補上來。

所以在去年的花舞展上跳舞的，是第三、第四與第五名的人物。記得制度上是最多會遞補到第十名，如果這樣還找不到人上台，就由剩下的成員推薦。

接著是男生部分。男生則不是用投票，而是以抽籤決定。

至於為什麼決定方式和女生不同，是因為這當中有著很深的緣故。

其實我聽說以前男生也是用投票方式決定，但某一年出了事。

能和三位美女跳舞是千載難逢的佳機，更是乾坤一擲，交到漂亮女友的大好機會。

為了得到這個機會，男生之間揭開了一場以血洗血的聖戰，就是改變制度的原因。

有個男生為了讓選票集中在自己身上，做出了各種骯髒的勾當；又有個男生因為自己沒被選上，就秉持這份恨意作為武器攻擊被選上的男生，讓對方受傷而無法出場。真的是發生了很多很糟糕的事情，所以才會改為誰抽中都沒話說的抽籤。

從某個角度來看，這對沒人緣的男生來說是一場非常夢幻的活動，換作幾分鐘前的我，想必也是歡天喜地。畢竟這種特權本來不是我這個路人可以奢望的。

可是……為什麼偏偏在這種時候抓住這種機會呢？我滿心想對命運打上一通抱怨電話。

可～～是呢！我這個路人就是不會在這個時候絕望，而是會果敢地對抗命運。

聽了剛才的說明，各位應該也明白吧？既然女生可以辭退，男生當然也可以辭退！因此，只要付諸實行，要避開這段愛情喜劇乃是輕而易舉！

路人被選上就要辭退是常識！之後就交給你啦！不知道人在哪兒的主角！

「這個，Cosmos 會長，這樣講很過意不去，但是我要辭退出場花舞展。」

「咦咦！我已經跟大家說你確定要參加了啊！因為以前你來學生會室的時候不就說過嗎！你說：『只要是我能力所及，我什麼都願意做！咻～～好嚮往喔～～』」

我告訴妳，妳模仿我根本一點都不像。還有，最後那句是怎樣？

上次是說迷死人，這次是嚮往喔！我想到腦袋一陣抽痛！

「唔唔。什麼都願意做……是吧。這是追女生的常用手法呢。」

這是誤會！我的確曾經想追她，可是花灑五郎沒有這樣的意圖！

所以，停下妳那隻拿紅筆寫字的手啊！

「你、你就這麼……討厭和我跳舞嗎？虧我還那麼期待……」

我當然討厭！要是現在被扯進這種事件裡，我會被翌檜誤會啊！

——有哪個傢伙對眼眶含淚站在我眼前的 Cosmos 講得出這種話，請麻煩跟我交換一下立場……

「我本來打算今年也要以學生會的職務為優先，可是花灑都被選上了，所以我也才決定參加的耶……」

「不，我不會討厭！我開玩笑的啦，開玩笑！想也知道我當然會參加啊！」

「什麼嘛！嚇我一跳！真是的，花灑你這玩笑也開得太過火啦！」

除了這麼說以外，難道我還有別的選擇？

「啊啊，如果你是擔心花舞展的傳說，那不必擔心。根據我的調查，實際變成情侶的只

有30%左右。」

喔，在翌檜面前講這種話就非常可喜。

也就是說，有可能讓翌檜理解到 Cosmos 對我並沒有這種意思……

「所以我們一起努力吧！如果我和你後來會交往……到時候，我們也一起努力吧！」

是要怎麼努力個什麼東西啦！我告訴妳，聽得懂妳這番發言是在開玩笑的人就只有我一個啊！

為什麼要先把我重重摔下去再捧起來……

「嗚嗯！」

「我也決定既然花灑要出場，那我也要出場！我們一起努力吧！」

葵花！不要突然從背後抱住我啊啊啊！翌檜她會！翌檜她會！

「哎呀呀，接下來是葵花嗎？花灑真是沒有節操呢。」

翌檜的紅筆火紅燃燒！轟然呼吼著要她抓住題材！

再這樣下去，我的未來將會被爆熱劇終。得想辦法拒絕身體接觸才行……（註：《機動武鬥傳G鋼彈》主角使出必殺技「爆熱神威掌」時所喊的台詞）

「啊，花灑，你的手機掉到地上了。」

Cosmos 以有點為難的笑容對我指出這件事。

這是個值得高興的巧合。看來是葵花對我這一抱，撞得讓智慧型手機從口袋裡掉了出來。

既然如此，我就先拿這個藉口擺脫身後的子泣葵花！（註：典故來自子泣爺爺）
「真的嗎？喂，葵花妳下來，我要撿手機……」
「啊啊，那我來撿。」
啊，喂！妳這種好心現在會讓我為難！這樣一來，葵花她就……！
「這、這是……！」
這次又怎麼啦？為什麼 Cosmos 在撿起我手機的瞬間就變得滿臉通紅？是我畫面上顯示出很色的圖片嗎？我應該連瀏覽紀錄跟快取都刪光了啊……
「花、花灑……這個，你還願意……繼續用？」
Cosmos 以摻雜著不解與歡欣的表情盯著我看。
還、還在用？這到底是……啊！啊啊啊啊啊啊啊！
「Cosmos 學姊，請問怎麼了嗎？」
葵花，妳從背上下來我是很高興，可是不要對 Cosmos 問這種問題啊！
「這、這個啊……」
不要啊！不要用這種幸福的表情開始述說啊啊！Sto——p！
「花灑用的手機殼，是我以前送他的禮物。發生過那樣的事情，我還以為他已經沒在用了……沒想到他竟然還願意繼續用……」
停都沒停～～！學生會長，non stop！她本人覺得非常開心！

開心的巧合，轉眼間就轉變為悲傷的巧合！

我繼續用又有什麼關係啦！我只是被教育成要愛惜東西啊！真的，就只是這樣！

「啊！抱歉！我忍不住一直盯著看。來，你的手機。」

「……謝謝學姊。」

「……不客氣。」

酸酸甜甜啊！空氣都酸酸甜甜啊！可是我眼淚都流出來了！畢竟我是男生啊！

「喔喔？花灑讓 Cosmos 會長倒貼你禮物……」

真是的！為什麼好死不死，偏偏在這種時候會接連發生多起愛情喜劇事件！

而且這些全都是釣魚吧！都是要騙我上當那種吧！真的是各種混帳！

「啊，那我差不多該走了！晚點再見了！嘻嘻嘻，好期待耶～」

我說啊，為什麼偏偏要在最後多嘴？這會很不妙耶。

還微微紅著臉離開教室，拜託真的不要這樣！

「花灑，花舞展的傳說可能會讓我們培養出更特別的關係耶！嘻嘻嘻！」

葵花～～～！妳給我老實加上「兒時玩伴」這幾個字！妳這樣講，絕對會被誤會！因為妳這是火上加硝化甘油！

「花灑，只要繼續貼身採訪，多半輕而易舉就能證實我的報導是事實呢。畢竟聽起來你跟 Cosmos 會長在一起努力做些事情，跟葵花又已經是某種很特殊的關係……沒錯吧？」

呼……這就是所謂人生中會有三次的桃花期嗎？

我已經享受得很飽了，可不可以收走？實在是，我說真的……

＊

第一堂課是國文課，上課中我根本沒怎麼聽老師說話，只顧拚命思考。

……不妙。這非～常不妙。

拿這次和上次的問題來比較，這次遠遠更加不妙。

畢竟上次的情形，損害還控制在學校內，但這次並非如此。

有膽子就讓我的三劈報導在百花祭上發出去看看。學生家屬當然也會讀到這些報導。

也就是說，損害不會限定在校內，還會擴散到校外。

最壞的情形下，甚至有可能由家長會提議討論不純潔異性交遊問題，對我的家人……對老媽和老爸造成天大的困擾。

而且，雖然我很想相信不會發生這種事，但要是小桑看了這份報導，我們的交情甚至有可能再度瓦解。

好不容易才和好，我絕對不要和他再度疏遠。

所以我非得想出翌檜這件事的對策，阻止她發布那則報導不可。

然而，我不能立刻採取行動。一開始該做的是掌握狀況。

因此，首先我決定分析我和她們三人之間到底處於什麼關係。

然後再據此思考今後的對策！新單元！分析 Time，Start！

一：我和葵花。

跟我屬於兒時玩伴關係的女生，而且這女的擁有傻妞型賤女人這種特殊能力。

由於彼此已經很熟，整個人貼到我身上來的次數很多，抱上來根本是家常便飯。而且她外表又漂亮，從以前我就經常會被人用嫉妒的眼光看。

換作是平常，只要一句「還好啦，我們是兒時玩伴，而且又是葵花」就能解決，但現在狀況不一樣。

要是翌檜當場目擊到這種情形，大概會判斷為是我要葵花抱我。

因此，是危機。

二：我和 Cosmos。

跟我屬於學姊弟關係的女生。以前由於我參加學生會，交集很多，但現在我已經離開，所以大意地以為不會再和她有太多瓜葛，而這個大意就成了我的致命傷。

萬萬沒想到花舞展會踩著小跳步、哼著歌跑來。

她最棘手的地方，就是個性會忍不住機靈地想幫忙。

以前，她就曾在期中考的讀書會上準備了飯糰給大家，說當作輕食。

也就是說，在練花舞展的舞時，她也做出同類行為的可能性非常高。

要是翌檜當場目擊到這樣的情形，大概會認為是我再度讓 Cosmos 倒貼送我東西。

因此，是危機。

三：我和 Pansy。

嗯。關於她就不必想了……等等，上課中怎麼收到了簡訊？

『我認為互許未來的男女是對我們最貼切的形容。』

『因此，是困境。』

好了，簡訊也回了，就這麼結束吧。我已經懶得再針對超能力者吐槽了。

唔。課差不多要上完啦。真的是，該怎麼辦好呢？

要對她們解釋情形，請她們幫忙嗎？

……不，雖然我不像小桑那麼誇張，但也覺得靠女人幫忙不是男人做的事。

而且翌檜也說「如果你什麼都沒做，我也會照實報導」，就一個人努力看看吧。畢竟只要我什麼都不做就好了嘛！

葵花、Cosmos、Pansy，妳們放心吧。

我可不打算沒出息到要麻煩妳們啊！

*

「……所以呢，再這樣下去那篇棘手得不得了的報導就會散布出去，還請大家幫我！」

午休時間，我把葵花和 Cosmos 找來圖書室，細細解釋清楚事情原委，滿心想麻煩她們地要求她們協助。

「嗯～～！Pansy 的點心，今天也好好吃喔！」

「那太好了。」

喔，坐在我對面的葵花吃著楓糖馬芬蛋糕，嚷得很開心啊。

真是的，看了就能深深了解她真的很喜歡 Pansy 的點心啊。

「Pansy 同學，要不要吃吃看這三明治？我對烹飪很有自信。」

「那我不客氣了。」

喔，坐在葵花隔壁的 Cosmos 把三明治交給 Pansy 了。

拿自己做的菜來當點心的回禮是吧？真是個一板一眼的女生。

「非常好吃。」

喔，坐在我身旁的 Pansy 這可不是顯得比平常開心了些嗎？

這樣在一旁看著，就覺得她們三個很要好，令人莞爾……等等，不對啦！

「……喂，妳們幾個，有沒有意思要聽我說話啊？」

為什麼這幾個女的可以若無其事地當作沒聽見我渾身的呼喊！

妳們知不知道在這段午休時間來臨前，我經歷了多麼悲慘的遭遇？

我真的……真的就是被翌檜一直貼身採訪個沒完沒了啊！

這完全喪失ＴＰＯ（註：Time、Place、Occasion）概念的紅筆馬尾女徹底盯住了我。

休息時間始終維持在我半徑一公尺內，不管我去哪兒都一定會跟來。

而且還一直從我背後說些「原來你對其他女生也想染指？」或是「反正你一定是打算偷偷和她們三位之中的一位見面吧」之類的話，讓各種誤會愈演愈烈……總之，我想一個人努力撐過去的那種有如顯微鏡切片般堅定的意志，轉眼間就徹底遭到粉碎！

就連午休時間，也是在下課前五分鐘說要去上廁所才終於得以擺脫她的貼身採訪。

「當然有在聽啦！說到這個，翌檜上次問我：『妳對花灑怎麼想？』我就回答：『我最喜歡他了！』」

妳在我背地裡講這什麼爆炸性發言啦！

而且這根本是假動作吧！妳這個傻妞型賤女人！

妳遇到真正喜歡上的對象根本就會害羞得忸忸怩怩，連話都講不好吧！

「前不久，翌檜同學也來問過我。啊啊，花灑你放心，我可是坦白回答她：『我對他的好感和對蛋包飯差不多，他是我非常重要的人。』所以應該不會誤會。」

比較對象也太奇怪了吧！意思是說妳不打算跟蛋包飯談戀愛嗎！

這樣講也讓我火大！還有我告訴妳，最後一句話肯定會完美地創造出誤會！

「你不用放在心上，不會有事的。羽立同學也找我問了和她們兩位一樣的問題，我就告訴她：『全世界我最喜歡的就是他。』所以我想報導應該不會寫成三劈疑雲，而是會改成寫我們是男女朋友。」

這兩種下場都很糟！絕望度可沒什麼兩樣！

該死……至少應該有一個自己人是靠得住的吧？

我本來還抱著這樣的念頭，沒想到每個人都給了翌檜不該給的資訊……

算了。我沒有時間為已經發生的事情懊惱，眼前她們幾個都已經準備好了聽我說話的態勢。既然如此，我們何不來談談燦爛的未來呢？

「眼前啊，我暫時不會找妳們說話，可以請妳們也別找我說話嗎？這樣一來，翌檜也多少會……」

「不要。」「不要。」「我不要。」

未來被鎖進黑暗之中了。

「我就只是跟花灑好好相處而已啊！就跟以前一樣啊！我才不要不講話！」

葵花嘟著嘴發了一句牢騷。這發言很令人開心，但現在非常讓我為難。

「理由我是明白，但花舞展我是打算跟你練習。所以要我別跟你說話，實在會有點為難。而且……我會很寂寞……」

Cosmos 小口吃著三明治這麼說。

最後那句話先不管，她說得有道理，但現在非常令我為難。

「你跟我的約定要怎麼算呢？」

Pansy 的發言太在我意料之中，無論什麼時候都令我為難到絕望的地步。

我、我要冷靜，感情用事而對她們發火也沒有意義。

要冷靜……冷～～靜地，有點可愛地，來個哈姆太郎小碎步式拜託。

「那我想要替代方案。我要解開翌檜的誤會！」

「「「……」」」

也不知道是不是我這令人想起倉鼠的療癒系嗓音有了效果，三人各自手按下巴，皺起眉頭，開始思索了。咦？我的嗓音這麼糟嗎？

「嗯～～……啊！對了！那大家就一直都湊在一起吧！這樣一來，就能讓翌檜知道我們只是很要好而已！」

「這根本上就什麼都沒解決。想也知道看在翌檜眼裡，只會覺得是我對妳們三個有非分之想！因此，駁回。」

「噗～～！明明會很開心！」

拜託不要把樂趣優先於破除謠言。

「那這樣你覺得如何？我們好好對翌檜同學說明這是她誤會了。雖然也許沒辦法讓她相信，但我想應該會有些效果吧？」

「這我已經做過了，然後結果就是『我要貼身採訪來查證真假』。現在我是趁下課前就溜走才順利躲開，但休息時間她都會一直黏著我，而且以後多半也會繼續黏著。在這種狀況下，同樣的話再說一次也沒有意義。因此，駁回。」

「是嗎？你被貼身採訪啊？呃，可是……」

唔。她拿出平常用的 Cosmos 筆記本寫起東西來啦。

她接下來沒什麼發言，但行動耐人尋味，讓我對今後有了些期待。

「我有個好主意，跟我交往，結……」

「因此，駁回。」

「……好希望你讓我說完呢。」

Pansy 同學，請妳先從想出我會想讓妳說完的內容開始做起。

「啊啊，花灑，可以問你一下嗎？」

Cosmos 這時忽然停下了寫個不停的手，舉起手來。

「是什麼問題呢？」

「你為什麼想阻止這篇報導外流？坦白說，我覺得換作是我，就算跑出這樣的報導，我也不會放在心上。畢竟這是憑空捏造的。所以，我想請你告訴我你之所以這麼想阻止報導發出去的理由。」

「這、這是……怎麼說，就是啊，我會被周遭的人們用奇異的眼光看待，說不定還會給家人添麻煩……那個，我還會想說要是小桑知道這件事，他會怎麼想，我們的感情會不會又變差……」

「聽你這番話，似乎最後一個才是最重要的理由呢。說得正確一點，你是擔心因為這種謠言，讓你跟大賀同學、日向同學、秋野學姊還有跟我的感情變差？」

喂，Pansy，不要若無其事地說中我的心思。

可是，妳可別會錯意啊？關於最後一個，我還真不怎麼在乎。

「什麼嘛！原來是這樣啊！那就不用擔心！我最喜歡花灑了，不管大家說什麼，我都會跟你很要好嘛！小桑也絕對沒問題！」

葵花笑逐顏開，輕輕拍打我的頭。坦白說，很可愛。

「我已經決定再也不要討厭你了。而且，如果你會在意小桑或其他人，只要慢慢解開誤會就好了。到時候我也一定會助你一臂之力。當然了，我也會把實情告訴老師們，以免給你的家人添麻煩。」

Cosmos 以平靜的笑容對我訴說。她身為學生會長，這句話非常靠得住。

「我不可能跟你分開。我們就一直在一起吧。」

跟謠言無關，這邊的問題我遲早一定要解決。我說真的。

「可是啊，一旦報導被發出去，不只是我，妳們幾個也……」

「沒關係！這件事就說到這裡！我們根本就不在意！」

嗚嗚！這種時候，葵花感情用事的行動實在很棘手。

而且除了我以外，似乎都沒把這個誤會當成問題……再說什麼大概都是白費脣舌吧。

「好啦。可是我話先說在前面，我被翌檜貼身採訪，所以可不會沒事找妳們說話。」

「沒關係的。有最低限度的交流，我就非常滿意了。我這女人很好打發吧？」

妳所謂最低限度的量就非同小可，光這一點就不好打發了。

不過……現在翌檜不在，我是會正常跟妳們來往啦。

我提的這件事有了初步的結論之後，接下來就是閒聊時間。

葵花秉持一貫的亢奮吃著 Pansy 的點心，聊著覺得好看的電視節目時——

Cosmos 看了看手機，露出困惑的表情後對我說：

「花灑……今天放學後，可以請你陪我一下嗎？」

「是花舞展的練習嗎？」

「不是，是另一件事。花舞展的練習就等所有代表成員確定之後再來練，所以今天還不會開始。要做的事情，是說服代表。」

「什麼？」

「其實，是聽說被選上參加花舞展的最後一位一年級女生辭退了參加資格。」

喔？這可稀奇……似乎也不至於。去年，Cosmos 和葵花也沒參加。

「那就告訴得票數其次的學生，請她遞補上來不就好了嗎？」

花舞展的女生代表遇到有人辭退的情形，就會改由得票數次多的學生當選。

規定就是這樣，所以只要照規定做不就好了？

「話是這麼說沒錯……其實剛才山田聯絡我，說直到第十名的學生全都來到學生會提出辭退的要求。」

順便說一下，山田就是學生會會計。

這人不怎麼重要，就不花太多篇幅介紹啦。

山田同學。路人。完畢。

「啥？到第十名全都辭退？這又是為什麼？」

我皺起眉頭一問，Cosmos 就以為難的表情搖搖頭。

「不知道。所以我就想說今天放學後直接去問她們，拜託她們參加。然後，我希望你也能一起來。你想想，葵花同學放學後有社團活動要參加，但你沒有吧？」

「我拒絕。」

這個學生會長在說什麼話啊？要知道我可是被翌檜貼身採訪耶。

在這種狀況下，我哪有可能做出和 Cosmos 兩個人一起行動這種充滿愛情喜劇氣味的事情來？

「怎、怎麼這樣！我只有你一個人可以依靠了！」

「我剛才也說過，我不打算無謂地和妳們來往。我該做的就只是跳舞，說服代表這種事情不歸我管，因為我不想多讓翌檜誤會。」

「這、這樣啊……也是啦……你說得對……」

就算妳這樣垂頭喪氣，在筆記本上不知道寫些什麼東西，我也無可奈何啊。

「嗚嗚……我把花灑從學生會書記解職，覺得好過意不去。可是，我本來那麼期待，以為我們又可以一起做些什麼事情……」

我說啊，這樣會不會太賊？超露骨地沮喪，而且長得還這麼漂亮？

這是那種任何人碰上了都會想幫妳的氣氛吧？可是啊，我就是不幫。

「我說啊，花灑，Cosmos 學姊很沮喪耶。你就幫幫她嘛。」

「我說啊，葵花，我就是盡可能不想在有人看到的地方跟妳們混在一起啊。」

「的確，花灑說得對。說服其他學生的工作，應該還是請秋野學姊『一個人』去做比較好吧。」

「我、我就說吧……？」

Pansy 硬是給我強調「一個人」，怎麼聽都只像是反諷啊……

「唉……我也不能為了百花祭的事情，再加重學生會幹部的負擔，就我一個人去吧。好難受喔，好寂寞喔～」

說到這個，記得我還待在學生會的時候，她也是會率先去做各種麻煩的事情。

她平常做的工作就比其他人多，卻還一個人扛起新的工作……
可是憑妳的本事，一定可以全部做完的，不用擔心！了不起！不愧是超級學生會長！
「這也沒辦法吧……我會好好跟大家解釋男生代表花灑的好，努力說服大家參加……」
好的，Stop！剛剛這女的說了什麼？
「請、請問一下，Cosmos 會長？」
「什麼事啊，花灑同學？」
「妳剛剛說要對大家解釋我的好，妳是打算說什麼？」
「我想想。例如說你是『我最信任的男生』或『善良又可靠的男生』，再不然就是半開玩笑說『跟他交往的女性會很幸福』之類的？這怎麼了嗎？」
這女的沒救了……得趕快想辦法才行……
萬一有個陰錯陽差讓翌檜聽到 Cosmos 說了這種話，又會產生各種奇妙的誤會……
「……Cosmos 會長，我還是去幫忙吧。」
「咦！真的嗎？哇！我好高興！謝謝你！」
配備什麼都沒搞懂自動愛情喜劇功能的學生會長用很少女的方式復活了。
實在是希望她可以多少有點自覺。
「好的，可是我有一個請求。」
其實我不想跟她兩個人行動，但既然再讓 Cosmos 單獨行動反而更危險，那也就只能跟去，阻止誤會更進一步擴散。
然而，不做好事前準備就去面對這個難題，實在太危險了。
「請求？是什麼請求呢？」
「這個啊……」
於是我說了。告訴她在找代表的時候我要做的事情，以及希望她做的事情。
「原來如此。我會有點緊張……但我會試試看！」
「好，就交給妳了。」
「好，就交給我了！」
Cosmos 面帶平靜的笑容用力握住我的手。就說不要這樣……
「……嗯？喂，Pasny，妳在幹嘛？」
突然覺得從旁傳來一種奇妙的感覺，原來是 Pansy 抓住了我的衣角。
還頻頻拉扯，煩得不能更煩。
「我要求摸摸我的頭。」
「為什麼？」
「因為我寂寞啊。」
還突然給我講出這種莫名其妙的話。我怎麼可能做這種事！
我是很想這樣講，但 Pansy 的右手已經舉起了那本書。

這當中所隱含的信息，應該就是如果我不摸就會被法布爾。

「……這樣可以嗎？」

於是我遵照 Pansy 的要求乖乖摸了她的頭。她的頭髮比我意料中更柔順。

「謝謝你。我非常滿意了。」

Pansy 以雀躍的聲音這麼說，我就全力皺起眉頭給她看，結果就被法布爾了。這世上令人無法接受的事情非常多。

*

到了放學後，我一走出教室，翌檜就甩動馬尾、蹭著小碎步跟來，以充滿期待的眼神看著我。

「花灑，你要去哪裡呢？」

「要跟 Cosmos 會長一起去說服花舞展代表參加。說是最後一個人不願意參加。」

「是喔？我還以為你今天什麼事都不會做，看來你比我想像中更沒有節操呢。」

我其實也不想啊！可是，自動誤會製造機可能會失控，我也只好去了！

不過啊，我也不會只挨打不還手。我可是安排好作戰計畫才來的。

作戰名稱就叫作「我和 Cosmos 就只是感情好的學姊弟關係作戰」。

我要讓翌檜知道我跟 Cosmos 終究只是要好了點！

只要完成這項作戰，誤會就絕對不會惡化，而且順利的話還可以破除誤會！

可是要執行這項作戰，將伴隨著一個問題。那就是我的態度。

雖說我對 Cosmos 說話會用敬語，但總是帶著點輕鬆。

這樣很可能會被翌檜誤會。

於是，我今天打算用「那個模式」上路！看我的！

「好！『我』，會努力去找代表的！」

「花灑，你的態度會不會改變得太突然了點？看起來一下子變得很陽光，眼神充滿了對明天抱持希望的光芒耶。」

哼，翌檜在胡說什麼啊？我從以前不就是這樣嗎？

「不會的。我看是翌檜誤會了吧？」

來，就別管這個誤會馬尾女，趕快朝跟 Cosmos 會合的地點前進吧。

乍聽之下，要是我突然變成遲鈍純情ＢＯＹ出現在會合地點，也許的確會擔心 Cosmos 會不知所措，但這不成問題。

其實我在午休時間就跟 Cosmos 好好說明過情形了！而且，我還拜託 Cosmos 自己也配合演出！說穿了就是要她對遲鈍純情ＢＯＹ狀態的我……「像跟以前還待在學生會的我相處時那樣對待我」！

而且她也答應：雖然有點緊張，但會試試看。所以已經做好了萬全的準備。

我很快下樓梯，去到一年級生的樓層，看到Cosmos已經在那兒待命。

她拿著愛用的筆記本，面容十分正經。多半是在思考要講什麼話來說服對方吧。

喔，她似乎注意到我，露出了笑容。她還是一樣那麼漂亮。

「Cosmos會長，久等……」

「嗨，如月兄！在下久候大駕了！」

這個生物是怎麼回事？為什麼口氣變得有點像武士？答應我說的「像跟以前還待在學生會的我相處時那樣對待我」，結果卻是這樣？

演技差也該有個限度吧……

「請、請問……Cosmos會長，妳怎麼了嗎？」

「竟問我怎麼了，這可奇了！在下與平常無異呀。哈哈哈！」

我不記得以前待在學生會時接觸過這樣的學生會長。

Cosmos只要稍微一緊張演戲就會變成武士嗎……真是令人難以接受的事實。

「這可不是羽立姑娘嗎！今日您氣色上佳呢！」

而且還就這麼對翌檜說話！呃，這該怎麼回答啊？

「啊……呃……您、您也氣色上佳……」

翌檜有夠一板一眼！雖然腦子一團亂，但還是好好回答得上佳！

「就如妳所見，在下與如月兄只是處得好的前輩晚輩，別無其他關係。」

到底要怎麼往哪個角度看，現在的我們才會像是這種關係？

直接對翌檜說她誤會我，的確是幫了我大忙，但很多方面都太慘了。

不，就算現在突然把 Cosmos 恢復原狀也已經晚了，只能就這麼嘴硬下去。

「就是說啊，Cosmos 會長！翌檜，妳明白了嗎？」

「我總覺得滿心的不想明白。」

好嚴厲！

「我覺得花灑和 Cosmos 會長態度都明顯和平常不一樣耶。」

「就說這是妳誤會了啦。我和 Cosmos 會長從以前就是這樣啊。」

我自己也知道轉得很硬！可是，我也只能嘴硬下去了！

「沒錯吧，Cosmos 會長？」

「甚是。」

「……哪有可能哩？」

根本沒被相信！沒被相信得津輕腔都跑出來了！

不對，還早呢！接下來多的是機會可以挽回！

就算口氣和態度奇怪，還是可以讓她了解到我們只是感情好的學姊學弟。

「那麼如月兄，我們這就動身吧！敵人在一年級樓層！」

秋野兄，真希望妳不要說得像是明智光秀。

畢竟我們是去說服對方，對方不是敵人，是自己人啊。

*

Cosmos 站在有著一整排一年級生教室的走廊，攤開了筆記本。

「那麼我們這就動身，去問三位學生能否改變心意，參加花舞展。」

口氣明顯很突兀的武士 Cosmos 眼睛閃出犀利的光芒。那是有如鋒銳的日本刀一般的視線拔刀。

眼看她隨時就要將說服的對象一刀兩斷。

「我明白了。請問要由 Cosmos 會長出面找她們嗎？」

「不，由如月兄出面應該比較好吧。畢竟有很多人一和在下說話就會緊張。在下認為這種時候，還是年紀相近的足下較為適任。」

由於某個更根本的問題，我認為還是由在下出面比較妥當呢。

「花灑深受 Cosmos 會長信任……好了。」

翌檜……明明到一半就開始無視武士口氣，對這種地方卻詳細記了下來……

而且只是這麼幾句話，就算說是一般學姊學弟的談話，也還算是自然吧？

「她在。那位就是被選為花舞展代表的第二號女子學生。」

總覺得「女子學生」的語意怪怪的，不過還是別放在心上了吧。

還是趕快丟下這個武士，去說服對方比較好。

我雖然也在演戲，但我有自信遠比她好。

「我明白了。那麼，我馬上去找對方。」

只是話說回來，不愧是被選為花舞展代表的女生，長得的確漂亮。

香菇鮑伯頭與可愛的花緞帶非常搭調。

這女生看起來文靜又溫和……好！這小女生應該好應付！

「同學同學，可以耽誤妳一點時間嗎？」

「咿！請、請問有什麼事？」

為什麼我只是找她說話，她就發抖成這樣？

「呃、呃……我是二年級的如月，大家叫我花灑。」

「我是……一年級的蒲田。在棒球校隊擔任經理。」

我自我介紹後，少女就以非常擔心受怕的態度報上了自己的姓氏。

說不定她是怕生的類型？

嗯～～雖然總覺得會被拒絕，但既然她在棒球校隊當經理，和小桑應該也認識，只要好好邀請也許就會順利成功！畢竟我跟他是好朋友嘛！

「我說啊，妳當選了花舞展的成員吧？我也當選了，如果不介意，可以請妳別辭退，來參加……」

「咦？」

「不、不要！我絕對不參加！」

為什麼要用這麼強烈的話來否定？

「為、為什麼呢？哇啊。」

這女的是怎樣？突然揪住我胸口，把我拉了過去……

而且還把嘴湊到離我耳邊有夠近的位置！不要這樣啊！妳這樣一搞……

「花灑，真沒想到，你竟然連才剛見面的一年級生都不放過……！」

想也知道會搞成這樣啊！就說為什麼都會弄得好像是我不好！

「如月兄！我這就拔刀相助！」

不要相助！妳給我乖乖去想清楚妳的武士道！

「你又不是不知道，今年的花舞展，Cosmos會長和葵花學姊都要參加啊！他們兩位都比我漂亮多了！我沒辦法和她們一起參加！要不然我豈不是會把自己弄得很悲慘！」

這番用只有我聽得見的音量說得很情緒化的話，讓我不由得恍然。

所以妳才不想參加花舞展嗎！

的確，Cosmos 與葵花是我們學校代表性的兩大美女。這個女生固然也夠漂亮了，但和她們兩人相比仍是相形失色。也就是說，她有可能淪為陪襯。

「嘿呀！兄、兄台可還安好？」

這時 Cosmos 來得正好。她用力抓住我的手臂，勉強把我從少女手上拉開。

「Cosmos 會長一看到花灑與其他女性接觸就會吃醋……好了。」

還順便成功地讓翌檜對我的誤會加速了！所以我才叫妳不要拔刀相助……！

「而、而且我不想和如月學長跳舞！」

少女被拉開的同時又投下另一個爆炸性發言。我總覺得有強烈的不祥預感……

「如月學長，你之前曾經同時企圖把兩名女性變成自己的所有物吧？要我和這種髒髒的人有身體接觸，我死都不要！你碰我我就死給你看！」

上次的問題跑出來啦！

對喔，我都忘了，像是其他學年還有別班的人都還討厭我！

等等，妳在十秒鐘前不就還碰到我了！

可是妳不是還活著嗎！別給我信口開河！我可也是會受傷的！

「這、這是誤會，我……」

「而且，考慮到花舞展的傳說，一旦我參加，我不就有可能和如月學長交往！與其那樣，我還不如去死！」

為什麼談話內容是以我和這名少女交往為前提在進行？

「不、不是啦，這傳說是說跟三個人之中的一個，未必是妳，而且也只是謠言……」

「像如月學長這種長相沒什麼可取的人，怎麼可能和 Cosmos 會長或葵花學姊交往！請你好好看看現實和鏡子！」

我總也有作夢的權利吧！別逼我面對現實！

我個人可是很中意的！中意我這帥氣的鼻子！首先妳給我乖乖誇獎這一點再說！

我、我要鎮定。我不是平常就飽受 Pansy 毒舌伺候，早就習慣被罵了嗎？

我不能在這個時候理智斷線。總之要收起怒氣……

「我絕對不要和如月學長這種軟趴趴的噁心人跳舞！」

好～就開回「那個模式」吧！看我狠狠臭罵妳一頓！

「妳這臭娘兒們……敢說就應該敢當吧！」

「咿～～～～！你為什麼突然全身發散出小角色氣息，眼神還變得像是用馬糞揉成的丸子一樣！」

臭娘兒們，我絕對要狠狠扁妳一拳！我知道妳被我突然變了樣給嚇到，但好歹說話前先想一下！

說馬糞也太過分了吧，馬糞！

「花、花灑！你冷靜點！」

或許是遇到預料之外的事態，讓Cosmos無心再演戲，從武士口氣恢復正常，急急忙忙從背後架住了我。

「Cosmos會長，請妳放開我！我要把她……啊嗚！」

「不對，不可以！既然你有可能危害她，我又怎麼能放手！」

但這時發生了事件。Cosmos是從背後用擁抱般的姿勢架住我。

這讓Cosmos她那……雄偉的D罩杯壓在我背上！

「喔喔！這可熱鬧起來啦！」

「咿、咿……！」

翌檜說得開心，小丫頭嚇得坐倒在地。

然而，她們現在都不重要！我現在最該做的事情只有一件！

「Cosmos會長，請妳絕對不要放開我！要是妳放開我，我不知道會做出什麼事來！」

「知、知道了！」

喔吼……胸部的感覺從背上蔓延開來啊！蔓延得非常開啊！

「力氣太小！要更用力！請妳更用力架住我！」

「這樣嗎？我可是已經相當……不，我會盡我所能！這樣可以嗎？」

這是桃花源啊！桃花源在我背上展開啦！

「唔呼吼……對的！就是這樣！喂，小丫頭，妳可別給我跑了！要是妳跑掉，Cosmos 會長就會從我身上離開！還有，Cosmos 會長，請妳想一想胸部要怎麼貼才好！上半身要貼得更……咦？」

奇怪？為什麼 Cosmos 從我身上分開，走向小丫頭身前？

「同學，妳站得起來嗎？」

Cosmos 溫柔地對小丫頭伸出手。

……唔。我忽然冷靜了下來，但我剛剛是不是不小心說溜了非常不妙的台詞？

「我、我沒事。」

小丫頭握住 Cosmos 的手，雙腳顫抖著站了起來。另外，我也還在發抖。

「那太好了。既然沒事，那妳可以離開了。我有幾句話得跟他說。」

「好、好的！」

於是小丫頭對 Cosmos 深深一鞠躬，然後落荒而逃地跑遠，場上只剩下凍結的鬼婦、一臉雀躍的翌檜，以及冷汗直流的我。

「好了，花灑同學，你剛才是在做什麼呀？」

「我是在說服女學生……啊？」

「很好。你說得對。那麼，你剛才說的話是什麼意思呢？」

可怕。超可怕。我是很想度過這個難關，但是要怎麼度過？

「呃，我想一下。雖然沒有學術上的根據，但據說胸部的柔軟有時候就是有著特效藥般的效果，能夠讓人類……尤其是男性冷靜下來。學姊可知道嗎？就是那個啊，該說是對母親的回憶嗎？許多孩子都是在母親的愛與胸懷中出生、長大。該說是這種過程留下的殘渣，或是本能……」

「太長。精簡到十個字以內。」

「I love 胸部。」

我乖乖地精簡到十字以內說出來，Cosmos 的太陽穴就發出啪一聲。這是為什麼？

「也就是說，你叫我用力按住你是為了滿足你下賤的慾望？」

「啊……呃……我想大概也不能斷定說沒有這樣的觀點存在……」

為了盡量不惹鬼婦生氣，我正直地回答，但沒有效果。

一種像是看開卻又比日本刀更鋒銳的視線毫不容情地深深捅進我身體。

「花灑，可以請你先跪下再說嗎？」

「哈哈哈，妳說這什麼話……」

「跪下。」

可怕。太可怕了。和某個俄羅斯退役軍人黑幫老人差不多可怕，瀰漫著一種一旦違逆就會被殺的氣氛。因此，我乖乖跪下了……就在走廊跪了下來。

「你畢竟也是男生，對這種事有興趣可以說也是沒有辦法。可是，你不知道現在是什麼狀況嗎？我們非得說服一起跳舞的成員不可，你卻選擇以慾望為優先……」

之後大約長達十分鐘，我就一直聽著 Cosmos 娘娘訓話，做了各式各樣的反省。

「總之，今後你要注意，知道嗎？」

「……是。非常對不起。」

Cosmos 娘娘總算訓得滿意了，在筆記本上寫了些東西，然後啪的一聲合上，以尖銳的眼神瞪著起身的我。

「你該不會連跳舞的時候也在想這些念頭吧？例如說，想對我或葵花同學做出猥褻的行徑……」

「冤枉啊！我想都沒想過這種念頭！」

我腰桿挺得筆直，立刻否定。就算我再怎麼好色，總還有這點分寸。

「是嗎？那就好。總之雖然剛剛那個女生拒絕了，我們還是去找下一位學生吧。」

「Sir！Yes Sir！」

之後我和 Csomos 就一一去說服到第十名為止的當選學生。

還有，為了避免產生無謂的誤會，我立刻刪除了智慧型手機中「跳舞　胸部　不著痕跡貼緊」的搜尋紀錄。

「唔唔，兩人互相緊擁對方後，進行了一段男女間的爭吵。花灑，你還說什麼自己問心無愧？你果然是女性公敵。」

此時此刻，我只覺得就當我是女性公敵也罷，只希望能有個人站在我這邊。

*

回程路上，時間是十八點三十分。

我和 Cosmos 踩著疲憊的腳步離開校舍，踏上歸途。另外，翌檜不在場。因為馬尾女除了針對我的事，對於收集其他百花祭用報導的題材也是不遺餘力。她說她要整理今天得到的題材，於是離開了。

沒被她目擊到我和 Cosmos 一起回家的這種微愛情喜劇橋段，讓我由衷鬆了一口氣。

「唉……到頭來，大家都拒絕了。」

「……就是說啊。」

被從第三名到第十名的所有學生直接拒絕，大概連她也難以承受吧。

Cosmos 垂頭喪氣，無力地走在我身旁。

「我萬萬沒想到大家都已經在百花祭當天排了各式各樣的行程，所以申請辭退。還是說，是有什麼不方便對我說的不想參加花舞展的理由呢？」

「這就有點難說了。」

我嘴上這麼回答，但真心話並非如此。Cosmos 猜對了。

這是我今天參加說服行動才知道的。本來花舞展是最受歡迎的活動，任何人都想參加，偏偏今年沒有一個女生想參加。

理由主要就在於 Cosmos 和葵花。聽說校內女生之間蔓延著一種說法：「要是參加花舞展，就會被人拿來跟兩個美女相比，淪為大家的笑柄。」豈止當選的女生，連其他女生都表示不想參加。

雖然有部分原因出在我身上，但基本上還是在於葵花與 Cosmos。

大家都害怕被拿來和美女比較。

只是話說回來，這消息傳開得真快啊。花舞展的代表成員明明是要所有人選都確定之後才發表，為什麼大家都已經知道 Cosmos 和葵花要參加花舞展？雖然多半料得到她們兩人會當選，但總覺得應該不能就此確信她們會參加……

「何必抗拒得那麼徹底嘛。唉……真是深受打擊啊～」

我是因為知道理由還能夠想開，但完全不知道理由就被拒絕的 Cosmos 應該十分難受吧。

平常她不太會抱怨，今天則難得發起了牢騷。

「哎呀，沒關係啦，要是到第十名的女生都不肯參加，不就是會改採推薦方式嗎？從明天起，我們就朝這個方向努力吧。我也不會再做奇怪的事了。」

「……咦？你明天以後也肯繼續幫我？」

這女的在問這什麼理所當然的問題？

既然讓 Cosmos 一個人去搞，根本不知道她會釋出何種不必要的情報，也就理所當然該跟她一起行動。想也知道與其放她一個人而製造出奇怪的誤會，還不如一起行動，小心避免產生誤會。

「我是這麼打算，不行嗎？」

「怎、怎麼會！不會不行！一點也不會不行啊！我希望你一起來！」

Cosmos 用力搖頭，全力反駁我的話。

接下來的這段路，她始終開開心心，腳步格外雀躍，讓我留下深刻的印象。

「……嗯，果然開心的時間轉眼間就會過去，已經走到車站啦？」

「是啊。」

「那、那就這樣了，花灑同學！今天就到這裡！真的謝謝你！你幫了我好大的忙！」

Cosmos 說話之餘，露出與她年紀不相稱的少女情懷笑容，用力握住我的手。

這女的在這方面真的是很少女啊。還好翌檜不在。

「我們明天再一起努力吧！」

「好的。明天見。」

Cosmos放開我的手，輕輕揮了揮手後走向了車站。

好了，我也趕快回家，去擬定明天以後的對策吧。首先應該就要從找成員參加開始啊。

侵襲本大爺的負向循環

第四章

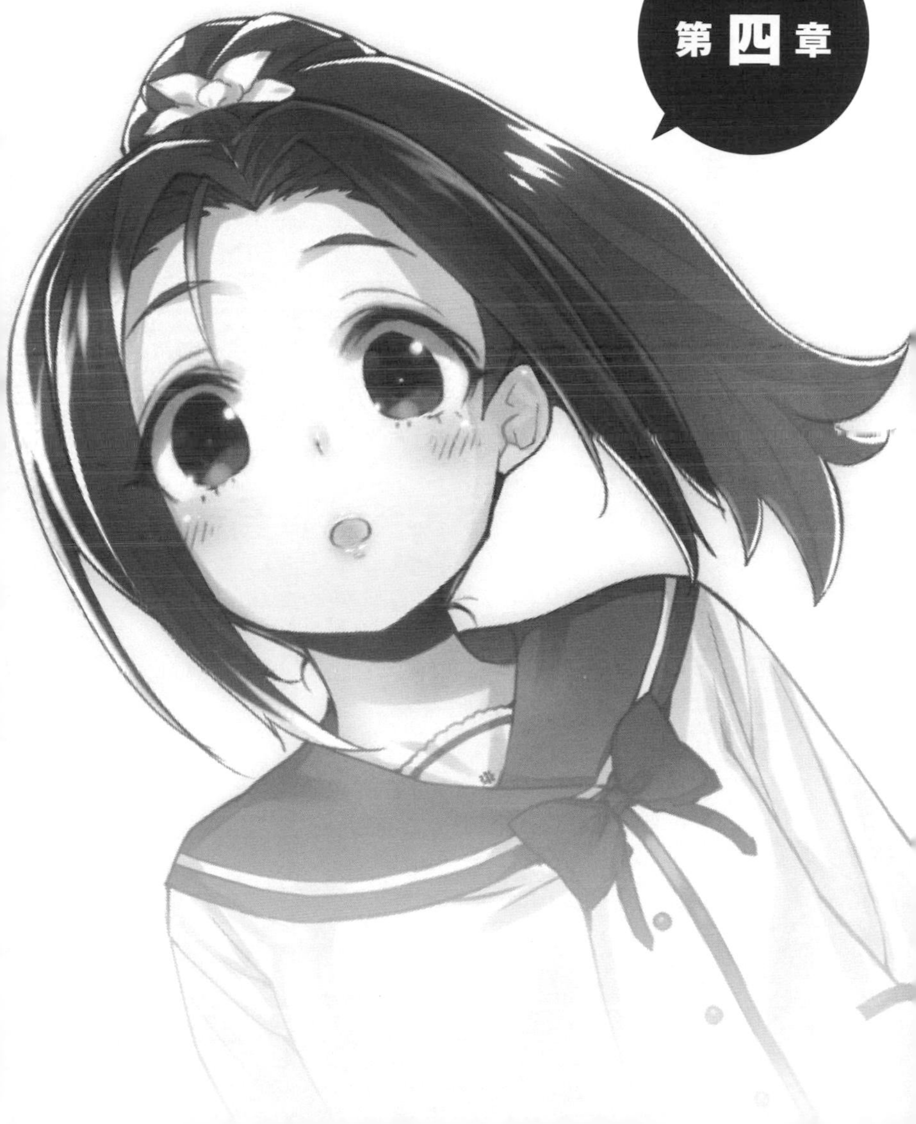

說來唐突，但這個時候，我打算針對一件事陳述我個人的意見。

那就是一種叫作「女生小團體」的概念。

這是用來稱呼女生只找要好的朋友而形成的團體。男生當中也常有只找要好的人聚集的情形，但若要問到為什麼「男生小團體」這個字眼講起來就是沒那麼響亮，我認為是因為女生比男生有更多的機會讓要好的人互相混在一起。

而這女生小團體存在著各式各樣的種類。

文靜而乖巧的女生聚集起來，創造出她們專屬世界的次文化圈子。

有精神又活力充沛的體育派女生聚集起來，負責炒熱活動氣氛的賣力圈子。

漂亮女生和有發言力的女生聚集起來，成為班上核心的紅人圈子。

其他還有辣妹圈子、酷妹圈子等各種圈子存在，但我們班基本上是由前述的三種圈子所構成，不存在別種圈子。

順便說一下，葵花沒參加圈子。乍看之下，她像是屬於賣力圈子或紅人圈子，但她不管對任何人都會用很開朗的態度說話，不屬於任何一個圈子。

然後呢，各位男生。

高中生活裡頭，這種種女生小團體之中有一種圈子是絕對不能惹的。

那就是……紅人群。她們棘手到了極點。

她們有著認為自己是班上核心的近乎強迫的自覺，讓其他小團體聽話，只要稍微遇到看不順眼的事情，就會把自己獨有的正義感說得像是一般常識一樣，把自己正當化之後，亮出獠牙，全力攻擊對方。

咦？你問我為什麼要談這些？這個啊，是因為現在我正好……

「花灑，你啊，怎麼還有臉活在這世上？」

受到這紅人群攻擊。

事件是發生在我陪葵花跑來上學，累得筋疲力盡，趴在自己座位上休息的早晨。

葵花和校隊隊員講了些社團活動的事情後離開了教室，小桑則在運動場上進行晨間練習，而這紅人群就看準了這一瞬間，開始了對我的冒瀆。

順便說一下，這也是紅人群的特徵之一。

有她們贏不了的人在場時，這些人絕對不會展開攻擊。

有像小桑這種強而有力地專注走在自己路上的男生，或是像葵花這樣比她們可愛又活潑的女生在場時，她們的氣勢就會被壓倒，也就無法對我說三道四。

她們會用本能分辨出贏不了的對手，伺機而動。

所以會像現在這樣，看準目標在班上孤立的時候才展開攻擊。

已經看不出她們和野生肉食動物之間有什麼差異了。實實在在就是一群郊狼。

「對不起，我聽不懂妳們在說什麼。」

我就像一隻被總計五頭郊狼圍住的可憐幼鹿，用惹人憐愛的眼神表示不解，但沒有效果。肉食野獸似乎滿心只想著進行能夠滿足飢餓的行為，滋滋作響地舔著嘴唇。

「就是這個啊，這個。聽說你在三劈？」

紙張遞到我眼前。我仔細一看……

「這什麼鬼東西啦啊啊啊啊！」

我再度對太陽怒吼，忍不住把這紙張——報紙啪的一聲搶過來，瞪大了眼睛看。

畢竟報紙上大剌剌地寫著：「雜碎的極地．如月雨露！對三位女性極盡蹂躪之能事！」

「是今天早上在學校發的。原來你都不知道？真是天真。」

長長的假睫毛頻頻眨動的紅人群A子丟出一句嘲笑。

給我等一下！翌檜不是對我說過要對我貼身採訪到百花祭前一天，再來判斷要不要用這份報導嗎！那為什麼這份報導已經流出來了？

「要搞後宮之前，好歹先把你的外表弄得像樣點吧……噁心……」

我正啞口無言，這次換塗了濃濃眼影的B子噴出辛辣的話。

所以我現在才會受到紅人群攻擊啊！我完全想通了！

「等、等一下好不好！這報導是胡說八道！我沒做這種事！」

「好好好，想也知道你會這樣講。可是，『大家』都在說喔，說花灑從以前就用奇怪的眼光看女生，覺得很噁心。」

出現啦！紅人群必殺的「大家」系列！

早上才發出校刊，連班會都還沒開始，這麼短短一點時間裡，妳們到底是聽過幾個人這樣講？

大家是妳們五個？還是全班同學？

妳們真的有好好跟「大家」都問清楚了才來？沒有吧？

只是想逼得我無路可退才這樣講吧？要不要我找葵花和小桑來？嗯？

「所以，你是對誰三劈？馬上停止這種行為，去跟她們道歉。」

用命令口吻同時進行收集情報與喝令謝罪這兩件事，從這裡就看得出她有著想掌握整個班級的野心。

這份報導上的確寫著我在三劈，卻並未提及三名女性的名字這個最關鍵的資訊。既然如此，無論如何被逼迫，我可絕對不會洩漏情報！

現在各位男同學還只當聽眾，以第三者的立場用有點卻步的視線看著紅人群。但是讓他們知道對象是 Cosmos 和葵花看看，他們轉眼間就會燃起嫉妒的火焰，與我為敵。

我怎麼能搞得在郊狼之外又加上一群肉食野獸！

「小、小款慢著哩！」

這時教室的門被人用力拉開，出現的是喘著大氣的翌檜。

她似乎慌得厲害，不是講平常講的敬語，津輕腔全都跑出來了。

記得「小款」是「稍稍」的意思。之前她教過我。

「翌檜，幹嘛啦？」

紅人群A子同學狐疑得眼睛與睫毛猛瞪猛眨。

但翌檜完全不介意這種視線，殺進我和紅人群圍成的圈子。

「其實啊，關於這篇報導，這本來是還沒計劃要刊登的哩。我也不知怎麼會跑出來哩……所以說咧，這報導上寫的事，大家不要當真啊。」

「可是……不就是因為花灑做出奇怪的事情才會寫出這篇報導嗎？既然這樣……」

「是啦！啊可是，說不定不是真的哩！現在還在調查中哩！」

翌檜打斷A子的話，把自己要說的話說到底。

看來這篇報導是因為出了差錯才會刊登出來，這樣的事態有違翌檜的意圖。

「然後啊，我要對花灑貼身採訪到百花祭的前一天，再把採訪結果寫到百花祭的特刊號上，所以還請大家等等哩！拜託！」

真沒想到救我的人，竟然是最懷疑我的人……

不，追根究柢，要不是她會錯意，根本就什麼事都不會發生。

「既然翌檜這麼說……好啦。可是，妳要小心喔，因為這小子不知道會做出什麼事來。

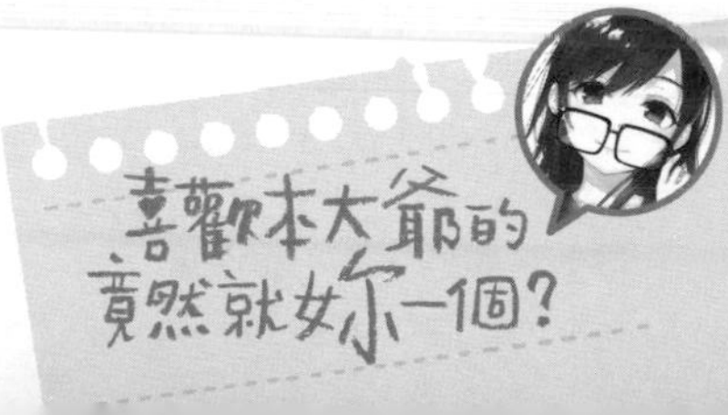

之前就有女生說被他突然摸了胸部。」

喂，妳沒頭沒腦地捏造事實是怎樣？

「花灑，對不起啊……看來應該是昨天印校刊時，我寫的報導不小心混了進去……我明明答應過你，在百花祭之前都不會讓任何人看到……我卻違背了約定……非常對不起！」

紅人群離開後，翌檜對我深深一鞠躬。

「要是我有好好檢查，就不會弄成這樣了……真的很對不起！」

「……沒關係啦。已經發生的事再怎麼發牢騷，也是什麼都改變不了吧。」

「……謝謝你。」

嗯……剛剛總算是度過了難關，但這也只是把問題拖延下去而已啊。

到頭來，如果不讓翌檜信服，我的三劈報導也就會順理成章成為確定的事實。

這下可絕對得解開這個津輕腔女的誤會啦……

＊

「唉……真的好傷腦筋……」

第二堂課上完後的下課時間，我重重嘆了一口氣。

誤會的惡化引發了意想不到的事態。

其實在第一堂課的下課時間，我和 Cosmos 兩個人一起去找人參加花舞展，邀沒被選進前十名的女生參加，結果一直遭到拒絕。

這次主要的原因不是葵花和 Cosmos，而是我。

理由應該不難猜吧？就是因為那篇報導流出。

我們邀過很多女生，但答案都只有一個。

「我絕對不要和搞三劈的男生跳舞。」

真的是喔，很多狀況都讓人只能絕望。即使跟我同行的 Cosmos 仔細解釋，說那是錯誤的報導，但嫌疑多半還是很重，連學生會長說的話也敵不過校刊。

我們的邀請行動悉數失敗，根本找不到人願意補上。

不幸中的大幸應該就是翌檜立刻幫忙回收了錯誤的報導。

翌檜不惜暫時停止貼身採訪，在第一堂課的下課時間幫忙收回校內已經發出去的報紙。

「那個……花灑，今天發出去的報紙已經全都收回來了……那個，很對不起。」

這就叫作說人人到。我正散發陰沉氣息，翌檜就雙手抱著滿滿一大疊報紙，過意不去地來到我身旁。

照現在她的心情來看，如果叫她停止貼身採訪，她應該願意停手。

「算了啦。已經發出去的也沒辦法，倒是以後妳要只刊登正確的報導啊。」

「那當然了！我會努力讓這樣的事態再也不會發生！」

可是，我不選擇這麼說。應該說，我無法這麼選擇。

為什麼？因為今天早上的事態讓我該做的事情改變了。

畢竟看在校內學生眼裡，現在的我是極其趨近黑色的灰色。

要把嫌疑洗清回白色，就得讓翌檜正式寫成報導，告知先前發出去的報導是誤報。

為了達成這個目的，無論我多麼不情願都必須接受她的貼身採訪，破除嫌疑才行。

破除三劈嫌疑與找齊花舞展成員。兩大難題都太難，讓我想哭。

「總之，就以找齊花舞展成員為優先吧。畢竟這邊應該比較輕鬆。」

「啊！我都忘了！」

「嗯？怎麼啦？」

翌檜突然馬尾一甩，雙手合掌。

總覺得她要說的不會是什麼好話，我是不是應該阻止她？

「就是啊，花灑，如果你不介意……」

「喂，花灑。」

就在這個時候。

翌檜尚未說完，背後就傳來一個聲調有些低沉的聲音。

這個熱血成分遠比平常少的男生……是小桑。

難不成他知道了那篇報導的內容，對我覺得受不了，又或者是生氣了？

「噢，小桑。那個……你怎麼啦？」

我內心相當擔心受怕，但還是盡可能裝得一如往常，出聲說話。

「你今天登上奇怪的報導了吧？」

怦通！啊啊，終於連小桑也知道啦……？怎麼辦？

「啊、啊啊！可是，那只是謠傳，不是真的事情啦。我、我說真的！」

小桑一看到我急忙這麼說，臉上表情漸漸轉變為笑容。

「我當然知道！別露出這麼擔心的表情！」

熱血成分，注入完畢！一如往常熱血到讓人受不了的小桑拍了拍我的肩膀。

太好了……真的是好在他懂我……雖然我肩膀被拍得挺痛的……

「不用怕！管他旁人怎麼說，我跟你的友情絕對再也不會毀掉。」

好朋友是多麼美妙啊……我都有點想哭了。

「然後啊，昨天我聽我們隊上的經理說了，你現在跟 Cosmos 學姊想找齊參加花舞展的成員，可是一直找不到，對吧？再加上跑出那樣的報導，找起來當然就更辛苦了吧！不過，你放心！我會幫你找到上好人選的！最後一個人選就包在我身上！」

「真的嗎！」

「是真的！」

這可真是令人開心的失算！小丫頭妳幹得好！雖然已經忘了妳姓什麼，但我就好心感謝

妳一下吧。

「考慮到報導的事，要是亂找人參加，謠言就會更惡化吧？可是，只要是我選上的這個人，就絕對不會讓謠言惡化！這就是最後一位成員！」

「是、是誰？你說的最後一個成員是誰？」

「哼哼哼。」

小桑露出將熱血過頭與剽悍以絕佳比例特調而成的笑容，握拳豎起大拇指……然後就這麼朝自己一指。

「It's me！」

「……You？」

「Yeahhhhh！」

Wait！給我 Wait 啊小桑！

花舞展這個節目，是三個女生輪番擔任一個男生的舞伴來跳舞。

可是，男生參加者的名額已經被我占了，所以你是打算以女生名額參加嗎？

這是怎樣？之前你沒登場的時候，跑去摩洛哥還是哪裡了嗎？

考慮到花舞展的傳說，這表示我和你結合的可能性已經跑出來了嗎？

不成！再這樣下去，甚至有可能在夏天或冬天，會有人出花桑本或是桑花本啊！……哪一種比較好？我當受……不對啦！兩種我都不要啊！

「不、不對，小桑你是男生吧？花舞展是……」

「不用擔心！我剛剛找 Cosmos 學姊問過，她就說：『有嶄新的感覺，很好，我去申請看看。』花灑，就用我和你的火熱友情之舞，讓來看的傢伙全都看得如痴如醉吧！」

真沒想到會變成由男生和男生跳身體緊貼的熱舞……世事無常。

「不是為了掩人耳目而讓小桑參加，就是不管對男生還是女生都毫無節操地下手……只有這二選一了吧？」

麻煩請選第三項「事情默默地自行有進展」。

*

「好了，今天就讓我們繼續努力構思這場誤會的對策吧！」

午休時間，我和上次一樣把 Cosmos 和葵花找來圖書室後，賣力地這麼說。

兩人課題之一的湊齊花舞展成員固然迎來了意料之外的結果，但既然已經解決，接下來該做的事，除了破除嫌疑以外不作他想。

另外，由於機會難得，我也試著邀了小桑。他平常都會去學生餐廳吃飯，但今天要在圖書室集合，所以他去福利社買了麵包，在我身旁嚼得正起勁。

我還順便奉陪小桑買東西，在人滿為患的福利社裡盡可能靈活地鑽動，漂亮地擺脫了翌檜的貼身採訪。
我固然已經做好接受貼身採訪的覺悟，但只有現在這個時間例外。
因為既然接下來要討論的是貼身採訪的對策，要是她在場就沒辦法討論了。
「「「……」」」
奇怪了？雖然不知是怎樣，但無論 Pansy、Cosmos 還是葵花，都顯得格外面有難色。
我自認沒說什麼惹人不高興的話，究竟是為什麼呢？
「我說啊，花灑。」
「怎麼啦，小桑？」
就在這時，小桑吃完了麵包，一邊把包裝紙揉成一團一邊說話：
「比起在意報導，還是先考慮花舞展的事情吧。畢竟，這報導是你的……不，是我們的問題，但花舞展要是不好好表現，可不是會給學校添麻煩嗎？」
「嗚！」
「我聽說你午休時間都會去圖書室和大家聊天，還以為你一定是在討論花舞展的事情。現在不是還只確定了成員，其他事情都還沒決定嗎？當然要找齊成員也許真的很辛苦啦，但那可不是終點啊。」
他說的話太有道理，讓我什麼話都回不了。的確，報導就算放著不管，也不會給任何人添麻煩。

如果我在這裡說出受到我們班上紅人群圍攻的情形，也許大家就會改變想法，但我不打算這麼做。因為無論有什麼樣的理由，我都不想製造出會讓小桑還有葵花和班上同學起衝突的狀況。

「花灑的問題很棘手，這我也知道喔。如果我幫得上忙，我也想幫啦。可是我實在不擅長解開誤會。有話好好講，對方還是聽不進去，這種狀況實在很難處理啊。」

小桑有點過意不去地搔著後腦杓。

他說要以花舞展為優先，卻也有考慮到我，讓我有點開心。

「抱歉。花灑同學的問題能先保留嗎？那個，說來見笑，但我想不到什麼好主意……」

「對不起喔，花灑，我是敢對大家說事情不是這樣，可是除此之外就不太……」

「我不太擅長跟別人說話，而且就算對不認識的人說出實情，我也沒有把握能讓對方相信……對不起……」

接著三人也顯得很過意不去，垂頭喪氣地來跟我謝罪。

原來如此啊。所以這幾個傢伙剛剛才會面有難色啊。

基本上，無論小桑、Cosmos、葵花，還是Pansy，都是那種往自己要走的路上衝到底的類型，大概不太有管別人事情的經驗吧。

所以從某個角度來看，像這次這樣要讓周遭的人們了解這是誤會一場，對他們四個而言正是最不拿手的事情。若要問我拿不拿手，我也未必拿手。

……沒辦法，眼前就暫時放下這個問題吧。

畢竟小桑說得沒錯，該以哪一件為優先，其實很明白。

「……好啦。眼前我們就先來討論花舞展吧。妳們也知道，這非得好好做不可啊。」

我以棉薄之力擠出笑容，四人的表情就立刻變得明亮。

嗯，畢竟難得有這機會，還是開心點比較好。現在就先忘了誤會的事吧。

「嗯，就是啊！既然這樣！」

Cosmos 面帶笑容站起，以熟練的動作翻開筆記本。她充滿了鬥志。

「雖然幾經峰迴路轉，花舞展的成員總算也湊齊了！所以接下來，我們就先做好正式上場的準備！所以呢，我來跟大家報告今天的計畫！」

我固然費了不少心力，但學生會長 Cosmos 想必更加辛苦。從「成員總算也湊齊了」這句話就能充分感受到一種成就感。

「我打算今天放學後，練舞練到十八點！之後再去舞蹈用品專賣店挑選大家的舞台服裝！有人不能參加的嗎！」

「我沒事。」「我也沒事！」「我也沒事～」

「那太好了。Pansy 同學呢？」

「我不是花舞展的成員吧？」

「這我當然知道！可是機會難得，我希望放學後妳也能跟我們一起來挑禮服！我想盡可能多聽一些人的意見！」

Cosmos 開朗地這麼一說，Pansy 就有點為難地朝我看了過來。

「……我也可以去嗎？」

「隨妳高興不就好了？」

「我明白了。秋野學姊，我也奉陪。」

Pansy 口氣平淡，聲調卻顯得開心。

我知道妳很高興了，不要在桌子底下偷偷握我的手來玩。

「再來是練舞的地方……」

「啊，Cosmos 會長，我可以說話嗎？」

「嗯，花灑同學，怎麼啦？」

的確，小桑說得沒錯，花舞展比解開誤會重要，這我明白。

可是既然報導曾經流出，我還是想盡可能避免無謂惹人非議的行動。

也就是說，雖然受到翌檜的貼身採訪，但我不希望我和這幾個傢伙練舞的時候被其他人當場撞見。

畢竟雖說是運動，舞蹈終究是一種男女身體接觸非常多的運動。

要是被人當場撞見我們練習的情形，各位覺得會怎麼樣？被誤會的機率極高。

於是我想到了一個好主意！有著充足的空間可以練舞，而且又幾乎不會有旁人來的上好

去處！而我現在就要把這個地方告訴 Cosmos。
「有關練習的地方，在這裡如何？」
「這裡？你的意思是說，要在圖書室練習跳舞？」
「是。圖書室有一定的空間，而且也幾乎不會有人來，是個好地方吧？」
「花灑同學，圖書室是靜靜看書的地方，不是跳舞的地方。」
嘖，給我多嘴……這句話極其理所當然，非常棘手。
「可是，如果在圖書室練習，Pansy 就會一起吧？如果 Pansy 在場，我會很高興耶。」
「我也贊成葵花！我覺得有 Pa……有三色院同學在場，會有意思得多！」
「的確，難得她跟我們一起去看衣服，也許練習也讓她看一看會比較好。在圖書室練習跳舞的確有點沒常識，但只要事先申請許可，也不是不行。」
喔喔！葵花、小桑還有 Cosmos 都贊成我的意見啦！
只憑我一個，要說服 Pansy 是毫無勝算，但四個人的話就讓我覺得有希望。
那麼，Pansy 的回答是？
「……」
在所有人的視線匯集之下，Pansy 維持沉默。
接著過了十秒鐘左右，她朝我看了過來。
「花灑同學，想跟我在一起？」

「啥？」

「你剛剛說，是因為有空間又幾乎沒有人來，所以想在圖書室練習。可是，理由就只有這樣？」

Pansy 頭一歪，以淡淡而略帶期盼的眼神看著我。

我怎麼想根本就不重要吧。不要每次都來問我。

「花灑，回答我。你想跟我在一起嗎？」

如果我能老實說出根本無所謂，那會非常輕鬆，但在這氣氛下，實在很難說出這句話。

因為其他三個人朝我拋來灌滿了「你應該知道怎麼回答吧？」這個訊息的視線。該死……嘴硬也不是辦法啊。

「……想啊。」

「是嗎……那就沒辦法了。我就破例讓你用圖書室練習。」

啊啊，有一點想死……

「那就這麼說定嘍。今天放學後，大家就到這裡集合，一起練舞吧。練習後，就五個人一起去挑禮服！在圖書室練習舞蹈的許可就由我去申請，大家放心吧！」

「好的！明白了！」

「好！了解！」

唉……雖然勉強成功地阻止謠言惡化，但我的精神上卻受到了莫大的傷害。

＊

放學後。不知不覺間，我的抽屜裡被人塞了寫有「下流雜碎」的紙張，我把這些紙張揉成一團丟進垃圾桶。想來多半是紅人群的攻擊，但在這裡抱怨只會讓狀況惡化，所以我也只能忍耐。

「唉……」

「花灑，你動作這麼快，今天就要開始練習跳舞了吧！」

我正站在垃圾桶前多愁善感地嘆氣，就有一隻馬尾一手拿著紅筆，笑咪咪地接近。

「……對啊。」

「你要在哪裡練習？葵花和小桑似乎已經過去了，如果可以，我想和花灑一起去。畢竟中午我好像跟丟你了。」

嗚！竟然提起午休時間的事……

我從一開始就打算老實告訴翌檜，現在卻覺得是被威脅著說出來。

「妳可別告訴其他人啊。」

「喔！這個說法我喜歡。有種獨家的感覺！」

我把嘴湊到翌檜耳邊小聲一說，翌檜就興奮起來。

「……要在圖書室練。」

我一說出練習地點，翌檜的紅筆當場定住。

說來理所當然，之後她當然立刻寫了下來。

但這次我決定把花舞展放在比誤會更優先的順位，所以也只能忍耐。

「喔喔？所以你是選了不會被其他人看見而且可以和另外三位一起的地方……好了。」

「囉唆。我們有花舞展的舞要練，跳舞用的服裝也要去買，反正放學後都會在一起。」

「……不是有三色院同學在嗎？……本來她應該不在的。」

「翌檜，我話先說在前面，我唯獨跟她絕對不是那種關係。」

「既然花灑這麼說，我就姑且當作是這麼回事吧。」

我很想抱怨為什麼說得好像是她對我讓步，但說了大概也是白說吧。

算了。趕快去圖書室吧。

*

「真的嗎！真的可以嗎，三色院同學？好啊！」

「好棒喔！我好期待喔！」

「我也是！妳可不能現在才反悔喔，已經確定了喔。」

「是啊。各位要確實對花灑同學保密……哎呀，歡迎。」

我和翌檜一抵達圖書室，就聽到四人正在聊些聽來聳動的談話。

換作是平常的我，也許已經吐槽了幾句，但現在的我沒有這種精神。

我滿腦子只想著要怎麼對付背後的魔鬼。

「啊！翌檜也一起來啊？」

「是的！今天我也要貼身採訪花灑！倒是各位本來在聊些什麼呀？」

翌檜穩穩拿好紅筆，燃燒她的校刊社魂。

可能是嗅到了內幕消息的氣味，翌檜單刀直入地問出了我沒精神問起的話。

「嘿嘿嘿！翌檜，這可不能這麼容易就告訴妳啊～」

「喔！小桑的熱血防禦是吧！這看來可不容易突破啊！」

「那當然！我的口風之緊，可是福本級的！」

口風之緊直逼歷代金手套獎得獎最多次的球員是吧？

我是不用說了，就連翌檜大概也很難問出來吧。

「那麼，我們差不多開始練習了吧！各位同學，可以請大家換上體育服嗎？」

Cosmos 嚴格的喊聲讓鬆弛的氣氛緊繃起來。不愧是學生會長。

「女生可以在櫃臺裡面換衣服，在那邊就不會被任何人看見。」

男生被看也是會不好意思，還是一起到櫃臺裡頭換衣服吧。

要是說出這種話，多半又會挨 Cosmos 罵。

可是像這樣在一旁看著，就能很清楚地看出他們四人和翌檜的關係。

葵花和小桑儘管知道有這個誤會，但畢竟是同班同學，對翌檜很友善。

但 Cosmos 和 Pansy 則似乎因為學年或班級不一樣，又有這個誤會，完全不找翌檜說話。

雖然不知道實際情形如何，但她們之間看似反而互相避著對方。

說到這個我才想起，昨天放學後，Cosmos 和翌檜也沒講上幾句話啊。

總覺得只有一開始她用武士口氣說話時，才有好好說上話。

「嘿嘿嘿！花灑，我已經穿在底下了，不用擔心！」

嗯。我完全沒在擔心，不要緊的。所以你才會整個人顯得鼓鼓的是吧。

「花灑！不可以偷看我們換衣服喔。」

「哼！我怎麼可能偷看？」

「誰知道？你以前也……」

喔喔？既然妳這麼懷疑，就讓妳見識見識我有多紳士吧。

「我不是說過不會偷看了嗎……既然這樣，我就和小桑先離開圖書室，去附近的男生廁所換好衣服再回來。請妳們換好衣服後再發簡訊或打電話告訴我。」

「這樣啊？這樣會幫我們很大的忙，但你們不麻煩嗎？」

「請不要在意。男人不能待在女性換衣服的地方。」

「花灑同學……當時我說的話，你都有好好聽進去啊！」

「那當然。就讓各位看看反省過後脫胎換骨的我吧。」

我對感動的 Cosmos 展現老神在在的笑容。

沒錯，我已經好好反省過了！上次背上突如其來的彈力讓我一時大意，被這「胸貼」弄得亢奮起來，犯下了失誤。

我不打算再度露出那樣的醜態。

「花灑，我要貼身取材，所以跟你一起……」

「要來也行，不過妳可別來偷看啊。」

「我、我才不會做這種事哩！」

我們帶著滿臉通紅否認的翌檜，三個人走出了圖書室，走向男生廁所。

「那我進廁所換好衣服再來。」

「喔，知道啦。那我就在這裡看著，不讓翌檜去偷看！」

「就說我才不會偷看哩！」

我看著小桑用力攤開雙臂作為人牆大展身手，以及滿臉通紅講著津輕腔對抗的翌檜，獨自走進了男生廁所。

「呼……這一刻終於到啦……哼哼哼哼。」

我進了廁所隔間後，忽然看向鏡子。
結果看見一個色瞇瞇的變態到了極點的醜男。
喂喂，這小子是誰啊？這臉真的好糟啊。算了，沒關係啦。
……好了，現在位置在男生廁所，是一個和圖書室完全隔離的所在。
相信現在她們正在圖書室換衣服，而我看不到這個景象。
然而，可是！這麼想就大錯特錯了！
大家知道嗎？高中男生被賦予了一項最強的特權！
……沒錯！那就是「妄想」。
如果只有妄想，相信很多人會覺得這又有什麼意義。
可是啊，我的妄想是有那麼點特製過的。畢竟有天神站在我這邊！
現在我就讓各位見識見識這個力量吧！
親愛的世界主宰（插畫師）……偉大的天神（ブリキ）！請賜予我力量！

謝啦啊啊啊啊！真的謝啦啊啊啊啊！

而且連不必換衣服的 Pansy 都加了進去，真的是太感謝啦啊啊啊！

＊

「嗨，回來啦。嗯？花灑同學似乎心情很好呢。」

啊，看得出來？嗯，我遇到了非常美妙的事情。插畫師大爺萬歲。

「是嗎？我和平常一樣啊。」

我當然不會說出來就是了。因為一旦說出來，她又會叫我下跪啊。我才不要那樣。

「是嗎？那大家也換好衣服了，我們馬上開始練習吧！我們在舞蹈方面是外行人，所以要跳得只有標準舞華爾滋！」

說來也是啊。畢竟沒有時間了，應該沒辦法什麼都要跳吧。

「然後啊，我準備了去年花舞展的影片，今天我們就有樣學樣，努力跳跳看吧！」

呵。舞蹈練習終於要來啦。也就是說，接下來不只是視覺，連觸覺也能大飽豔福！哎呀～～！這一刻總算要來啦！大放送時間來啦！

「所以呢，今天由我和葵花一組，花灑同學和小桑一組，開始練習！」

……Ｏｈ，來這招？我的獎賞就只有剛才那句稱讚？

「花灑，翌檜同學也在，我也是有在顧慮的。」

抱歉！妳這樣，非常找麻煩！這種跟我竊竊私語的模樣被她看見，反而更是出局！

「我還是覺得花灑和 Cosmos 會長怎麼看都不像只是學姊弟關係啊……」

我就說吧！果然會弄成這樣啊！

「花灑，你聽好了，舞蹈的訣竅就是安藤特洛娃啊！安藤特洛娃！」

小桑，這種一副日美混血兒模樣的人不是舞蹈的訣竅。

……算了啦，就算今天不行，也還有明天。

明天以後就哼哼哼哼……嗯？怎麼，Pansy 這女人一直看著我？

「花灑同學。」

「幹嘛啦？」

她說話的聲調還是一樣不帶情緒，卻讓我覺得格外冰冷……有種冷若冰霜的氣氛。

「明天以後練習跳舞時，要是你敢對日向同學或秋野學姊毛手毛腳，我就會叫刺針ＳＢ，你小心了。」

「啥？ＳＢ？咖啡店跟鍬形蟲有什麼……」

「花灑同學，你在說什麼啊？請你有常識一點。講到ＳＢ，指的當然是……」

「當然是……？」

我瞪大眼睛歪頭納悶，Pansy 就深呼吸一口氣，迅速拿出了一本電擊文庫小說。那是川原礫老師的《刀劍神域》。

難、難不成……ＳＢ是！

「想也知道，當然是星爆氣流斬（Star Burst Stream）啊。」

從明天起，跳舞時還是盡可能避免身體接觸吧。

刺針老弟，的確又黑又有兩把刀刃，原來還使得出十六連斬啊。好厲害啊……

＊

練習跳舞的第一天，始終是跟小桑跳著熱情的男子舞步。

小桑不愧是棒球校隊的王牌。他運動神經出類拔萃，轉眼間就學會了華麗的舞步，秀出輕快的舞蹈；葵花也不愧是網球校隊的王牌，愈來愈熟練，連外行人也看得出她的進步；Cosmos則似乎事先預習過，從一開始就是我們四個人當中跳得最好的……咦？各位要問最不會跳的是誰？

各位聽好了，我們跳舞不是要比高低，是要合作啊。

所以，根本不必去找出誰在扯大家後腿。這點，千萬不要弄錯！

我可絕對不是還對某個圖書委員對我說的「醜態百出」這句話耿耿於懷！

然後，我們練完舞後從學校出發，按照原訂計畫前往舞蹈用品專賣店。

「哇啊～～！好棒好棒好棒！」

就在抵達舞蹈用品專賣店的同時，葵花開始全力歡天喜地嚷嚷起來。

轉眼間就在店裡跑來跑去，對各式各樣的禮服看得眼神發亮。

「我去問問店員能不能讓我們試穿。」

Cosmos 攤開筆記本，表現出冷靜的模樣，但走向店員身前的途中就忍不住用眼角餘光物色各式各樣的禮服，完全遮掩不住。

多半是靠著身為會長的尊嚴才按捺住少女心吧。

「我說啊，花灑，我覺得我還是穿紅色的禮服好！是衝勁與毅力的紅色！」

小桑，原來你正式上場時打算穿女生的禮服嗎？

「嗯，真期待各位會挑上什麼樣的禮服。這下應該寫得出精彩的報導了！」

附帶一提，一副理所當然模樣跟來的翌檜發出了雀躍的嗓音。

看來她對我的這貼身採訪還兼作花舞展的取材，現在似乎是致力於後者。

「……」

我忽然朝 Pansy 看去，發現她似乎對一件禮服很有興趣，一直盯著看。

是一件在接近黑色的深藍底上畫有五彩繽紛花朵的和風款式。

如果是原本的 Pansy，穿起來應該很搭調。

「Pansy，妳怎麼不也穿穿看禮服？」

「我只看就好。」

我對 Pansy 說話的瞬間，她就撇開視線，快步走向店內深處。

怎樣啦……虧我找她說話，怎麼對我這麼冷淡？

「各位～！店員允許我們試穿，大家就多穿幾套試試看吧～！快點快點！」

Cosmos 終於突破忍耐的極限了嗎？

從她一點也不吃虧地選好了三件禮服，開開心心朝我們喊話的模樣，可以清楚看出她正經模式已經開不下去，轉換到了少女模式。

「這款式……不夠熱血啊。這件少了不屈。嗯～……那該挑這件嗎？不，這件少了大毅力……好，就挑有魂的這一件！」

小桑，我覺得要求禮服具有這種超級系的精神是不對的。

呃，我的服裝該挑哪一件呢？就先試試這件再說吧。

*

關於試穿這檔子事，我的燕尾服是由葵花和 Cosmos 挑選，三兩下就決定了。

所以我閒了下來，處在確認其餘三人所選禮服的立場，現在站在更衣室前。我個人是很想看到露得多（限定女生）的禮服，但考慮到她們兩人的個性，不可能會朝這個方向去選，所以我也不怎麼期待。

「花灑花灑，這件，怎麼樣？跟我搭嗎？」

最先唰一聲拉開拉簾的是葵花。

相信她本人應該很中意，只見她蹦蹦跳跳的十分雀躍。

葵花所選的禮服是有點成熟的款式。禮服本身的設計很好。

然而，若要問到這件禮服適不適合這丫頭，答案是NO。

葵花的外表有點稚氣，穿這種禮服應該不會太搭。

但要是說出來應該又會挨罵，還是隨口誇個幾句吧。

「喔～～？挺漂亮的嘛。」

「嘻嘻。謝謝你！那我去換下一件！」

嗯，既然當事人高興，那應該也沒什麼不好。

「花灑同學，這件怎麼樣？我自己是非常中意啦……」

接著Cosmos有點害羞地唰一聲拉開拉簾登場。

她靦腆微笑的模樣很惹人憐愛。

Cosmos所選的禮服是有點稚氣的款式。禮服本身的設計很好。

然而，若要問到這件禮服適不適合這女的，答案是ＮＯ。

Cosmos 的外表有點早熟，穿這種禮服應該不會太搭。

但要是說出來應該又會挨罵，還是隨口誇個幾句吧。

「喔～～？挺漂亮的嘛。」

「是、是嗎？呵呵呵。那我去穿下一件看看！」

很好很好。這次也是當事人很高興，我沒做錯事。

「花灑，不妙！變得超粉嫩啦！」

接著是穿著最大尺寸女性用禮服的小桑登場。

好猛。這真的好猛。雖說他屬於高瘦肌肉型，但畢竟是男性的身體，而且小桑本來就很高大。

禮服擠得腫脹不堪，眼看隨時都會裂開。

但看來似乎沒有更大的尺寸，還是隨口誇個幾句吧。

「喔～～？挺奇特的嘛！」

「嘿嘿嘿！能讓你這麼說，我很開心！那我去穿下一件試試看！」

咦？有下一件？會被店員罵的，總覺得還是不要比較好……

「花灑同學，怎麼樣？跟我搭嗎？」

我正發呆等著三人換衣服，Pansy 就踩著細碎的腳步從背後走來。

她頭上戴著花朵造型的髮飾。和她的外號一樣，是「Pansy」的髮飾。

「不重要。」

「……你好壞心。那我去挑下一件。」

呃，就算妳戴了另一件來，我的感想也是一樣耶。我對妳現在這個模樣沒興趣耶。

「呃，下起雨來啦。」

等他們三人時忽然朝外一看，發現雨已經下得很大。

糟糕，來這裡的路上就看到天空灰濛濛的，我才想說不妙，結果果然下了。

「花灑沒帶傘來嗎？今天氣象預報也說會下雨耶。」

「對，我沒帶。因為不巧我沒看預報。」

「喔喔？也就是說，要拿忘了帶傘當藉口，跟女生……」

「我覺得硬是要把事情說成這樣可實在不太對。」

「啊哈哈哈，開玩笑的啦，開玩笑！你說得對，那為了表示我的歉意，回家路上要不要跟我撐同一把傘？我有乖乖帶傘出門！」

翌檜開朗地甩動馬尾，從書包裡拿出一把可愛的黃綠色折疊傘。

「如果其他人都有帶。像葵花多半也會忘記，妳就以她為優先吧。」

「花灑還是老樣子，在一些奇怪的地方很體貼耶。啊，說到這個，我有個問題想問你，可以嗎？」

「怎麼啦？」

「花灑，你剛剛對大家穿禮服的模樣是不是隨口敷衍？」

「……妳看出來啦？」

這應該也用不著否認吧。

而且讓翌檜覺得我對她們兩人穿禮服的模樣沒興趣，應該也比較好辦事。

「是啊。畢竟花灑的聲音比平常低嘛。那你為什麼隨口敷衍？我倒是覺得大家穿起來都很好看啊。」

「咦？真的假的？我可一點都不覺得。妳想想，那件禮服對葵花來說未免太成熟，然後Cosmos會長相反，未免太孩子氣了吧？我是覺得她們如果交換禮服穿倒是很好啦……」

「嗯～～會嗎？」

「當然會了！我都這麼說了，不會錯的！她們的禮服互相交換會比較好！我反而要說如果不交換就一點也不搭！」

「原來如此。對了，花灑……」

我正熱烈訴說我的禮服論，翌檜就皺起眉頭，把模式切換到微笑模式。

「嗯？怎麼啦？」

「我覺得，你現在大概處在非常不好的狀況。」

啥？為什麼？我在班上是被紅人群給盯上，的確不妙，可是現在又沒有……

「花灑。」「花灑同學。」

啊，是真的。這是非常不好的狀況。

因為背後傳來了兩個非常危險的說話聲。我怕得不敢回頭。

「啊……呃……翌檜，可以問妳一個問題嗎？」

「好的！是什麼問題呢？」

啊啊，這是多麼神聖不可侵犯的笑容？真希望她能用這種力量驅除我身後的黑暗。

「可以請妳告訴我，我的身後……現在是什麼狀況嗎？」

「我看看喔～現在的狀況，說穿了就是……像是約翰默示錄的感覺吧！」

翌檜開朗的聲調帶來更多的絕望，讓我聽得全身發抖。結果也不知道她到底了不了解我現在處在什麼狀況，只見一個辮子眼鏡女淡淡地拿著髮飾走過來。

「花灑同學，我的這款髮飾也需要你正經的意見。」

我會正經地說出感想，妳可以幫忙處理我身後這兩個末日天使嗎？

啊，不肯是吧？我的肩膀被用力抓住了耶。

力道入骨三分，真的是喔，用一句話來形容，就是完蛋了。

「花灑同學，請你再一次詳細談談你對我們禮服的感想。別擔心，我們不會害你，你只要老實說出來就好啦～」

「畢竟花灑很老實嘛～只要你好好說，就不會有事的～」

好久不見啦，Dark Cosmos 跟黑葵花。

「嗯～～……不是自己偏好的禮服就不給予肯定……花灑真是個占有欲很強的人呢。可是，不可以同時跟三個人發展啦！」

我明明沒做任何虧心事，為什麼誤會一直愈演愈烈？

這個世界竟是如此殘酷。

*

到頭來，後來我被 Dark Cosmos 和黑葵花施加了筆墨難以形容的處罰，遍體鱗傷又濕答答地回到了家裡。

「外面下大雨，你就這樣回去會淋濕的。所以我想請你去便利商店幫大家買雨傘。當然錢我會付，請你放心。」

Dark Cosmos 這道命令完全不給我違抗的餘地，於是我只好在大雨中前往便利商店，淋得濕答答，買了人數份的雨傘。

小桑還說「看我用我的熱血，把雨水都蒸發！」陪我一起來買。

他人真的太好，讓我眼淚都流出來了。雖然雨水沒蒸發，我的心卻暖洋洋的。

然而，我沒想到就在抵達便利商店的同時，他卻喊說「我的潘朵拉盒快要打開啦！」衝進廁所，三十分鐘都沒出來。
順便還有另一個人，那就是說「沒辦法讓你們兩個都一起遮，所以還是公平一點吧！」，於是用折疊傘只幫自己遮雨而跟來的翌檜。
我已經很清楚妳一心一意只想著貼身採訪，但麻煩不要在便利商店裡一直說話諷刺我。
在等小桑的時候，店員表示「臭小子，不要一身濕透地待在店裡好不好？」的視線，還有妳的「你和他們三位的關係果然非常親密」發言，讓我的心磨耗得可有多嚴重……
「我回來了～……」
我身心兩方面都遍體鱗傷，在玄關喊了聲回到家時要打的招呼，但聽不見回答。
看來老媽似乎出門去了。
那麼，就先去浴室吧。全身濕成這樣，實在不想去房間。
我一步步走向浴室，一邊脫掉濕透的制服一邊忽然回顧起先前的種種。
該怎麼說，我啊……在很多方面都未免太悲慘了吧。
難得我成功和小桑、葵花、Cosmos 重修舊好，才剛以為成功地回到以前的環境，三劈疑雲就鋪天蓋地而來。
儘管我為了解開誤會而奮鬥，誤會卻只見惡化，不見好轉。
最後報導還出了差錯而流出，害我被紅人群敵視，在班上漸漸失去立場。

而且如果在百花祭來臨之前還沒解開翌檜的誤會，以後每天將會被學校裡面的人甚至校外人士鄙視。

距離百花祭還剩下約兩週……究竟我能不能解開誤會呢？

……該死！為什麼就只有我會大量遇到這麼討厭的事情！

我偶爾也希望有人對我好啊！

「啊啊，不知道哪邊有好女人可以撿啊！一個無條件對我好，願意一輩子對我全心付出的女人。個性多少凶一點也沒關係，真想遇到這樣的女生啊！」

就在我說完的同時，聽見玄關門打開的聲響，於是我探頭一看，結果……

「……喔呀呀？」

我當場定格。

咦？奇怪了？為什麼這種事情會在現實中發生？

「呃……請問妳哪位？」

我家的門突如其來被人打開，門外站著一名女子。

但站在那兒的，卻是我極為陌生的……美得驚奇的美女。

她有著一頭留到胸前的直髮，不需要化妝的長睫毛。濕透的衣服緊貼在身上，看得出身材勻稱，大小適度的胸部配上緊實的腰。她把淋濕的裙子捲起來用力擰乾雨水的模樣，實在太有模有樣了。

用一句話來形容，就是「聖母」。站在那兒的人物有著一種慈愛結晶般的美。

看年紀大概是大學女生？為什麼這樣的人會在我家？

「呼……早知道就該帶傘出門了。都濕透了啦……」

「妳、妳還好嗎？」

不、不過嘛……那個，就是啊，雖然不知道她是誰，但眼前還是先請她進家門比較好吧？總不能在這種大雨之中把她趕出去。

「呃……我是還好……怎麼啦？」

我畏畏縮縮地一開口，聖母就露出狐疑的表情。

我才想問怎麼了，但說不定她是進錯家門了？

我是不是忘了鎖門？

「那個，看妳好像被雨淋濕了，要不要先在我們家泡個澡？」

「你在說什麼啊？你不也濕透了嗎？你儘管先去洗吧。」

哇！這個人好體貼啊！可是身為男人，不能依賴她的這種體貼。

各位想想，難得這樣萍水相逢，要是我去洗澡的時候，聖母察覺自己進到別人家裡，就這麼回去，我不就會很傷腦筋？這種時候，當然會想弄成我禮讓她先去洗，順便把我的衣服借給她這樣的情境啦！

「沒關係啦，應該由妳先去洗。」

「我不要緊，你先去洗。」
「妳先。」
「你怎麼啦？從剛剛態度就很奇怪……啊！對了！那要不要一起洗？」
這是什麼情形！這樣的獎賞會來得這麼突然喔？劇情發展會不會太快？
現在才剛登場的聖母要跟我一起入浴？這十八禁遊戲叫什麼名字？
「可、可以嗎……？」
「可以啊！有什麼好害羞的嘛！」
她的心胸是多麼寬大！竟然願意在我面前展露見不得人的模樣！
那就沒有辦法了。不才在下如月雨露，以全副身心靈做出覺悟——

「畢竟我們是母子嘛！」

……呃，剛剛，這個人，說了什麼？
母子？我跟聖母？為什麼？
要知道眼前這個人是個有著一頭留到胸前的直髮和醒目的長睫毛，身材也很結實，漂亮得不得了的美女耶。
我的老媽叫作如月桂樹，是個燙捲頭髮，妝厚得要命的有點抱歉的主婦耶。

「那我們趕快去洗吧！要是兩個人都感冒可就麻煩了！」

可是冷靜聽聽看她的聲音吧。這有點尖銳的亢奮嗓音。

不時顯露出來的有些裝模作樣的動作，那分明就是老媽。

也就是說，她真的是我老媽？那個愛死了偶像明星的老媽？

不可以說傻話！妳這個冒牌貨！馬上把真正的老媽還給我！

「來，快點快點！勞莉葉好冷喔～～！」

真的是老媽！我不認識其他會用名字來稱呼自己的大嬸！

說、說到這個，我想起來啦！

國小的時候，我問老爸：「為什麼去游泳池或海邊時，媽媽都不一起去？」結果老爸回答：「……因為桂樹太有魅力了。」

她洗完澡後都會先用吹風機把頭髮吹乾才出來，所以我才不認識啊！

原來老媽泡了水，捲髮鬆開，妝被洗掉，就會變成這個樣子！

原來她是個堪稱水美眉的美女！

不，真虧我十六年來都沒發現！我反而覺得自己很厲害！

「等、等一下！老媽！」

「嗯～～怎麼啦，雨露？」

真的不要用這種模樣可愛地歪頭！我會不小心心動！

「還、還是老媽自己先洗吧！我會在房間裡用毛巾先簡單擦乾！」
「咦咦！不用客氣啦！一起去洗不是比較省事嗎！」
不是這種問題啦～～！
「好！看我把你脫光！」
「咿咿咿咿咿！」
一瞬間老媽用力抓住我的衣服時，我就全力跑掉了。
「啊，喂！雨露！等一下！」
我連毛巾也不拿，就從樓梯往上跑，把房間的門和窗戶都鎖上，不斷發抖。
一種不是因為寒冷，而是來自恐懼的顫抖……
這一天，我深深體認到這世上有些真相是不可以知道的。

＊

若干時光流逝，離百花祭剩下一週。
坦白說，我的現況非常不妙。無論我如何避免愛情喜劇，既然有機會和葵花、Cosmos 以及 Pansy 來往，相信翌檜就是會看不過去。
我完全沒有手段可以阻止這位無論多小的事情都能拿來當題材的幹練記者。

再這樣下去，相信那篇報導肯定會在百花祭發出去，讓我再度失去許多事物。

現在我還總算能夠不被孤立，在最後一線勉強維持住班上的立場，但這種狀況也只能再維持一週，得想辦法找出起死回生的辦法才行……

「那麼花灑，今天也請多多指教嘍！」

翌檜蹦蹦跳跳甩動馬尾，來到我的座位前。

最近她的貼身採訪頻率比以前更高。

只有午休時間我還總算都甩掉了翌檜，但除此之外的時間，她一定會隨時跟我在一起。

只是話說回來，這也不只是為了貼身採訪。

「翌檜，妳真的要小心喔……花灑他……」

「不用擔心！最近我幾乎都和花灑在一起，但他碰都沒碰過我！」

翌檜面帶笑容，回答從以前就最敵視我的女生A子這句話。

就像這樣，翌檜待在我身邊也是為了保護我。

以前我和班上同學陷入一觸即發的狀態，讓翌檜覺得「是我的失誤導致報導外流，所以絕不讓旁人騷擾花灑！」。所以她透過待在我身邊的方式來保護我免於受到各種惡意傷害。

只是話說回來，如果不想辦法解決她的誤會，最終而言結果還是不會改變，所以如果用加分扣分的觀點來看，總覺得扣分的部分比較多……

總之我多虧了翌檜，勉強維持住了在班上的立場。

畢竟她雖然一頭熱，很多很棘手的毛病，但不是個壞孩子。
跟她在一起我也不排斥，之後只要想辦法在百花祭之前解開誤會，萬事就能解決。
只是我完全想不出有什麼方法可以解開誤會，就是最大的問題所在了。

＊

午休時間，我甩掉翌檜走進圖書室一看，發現其他成員已經到齊。
最近葵花、Cosmos 還有小桑每天午休時間都會待在圖書室。
不知不覺間，大家都養成了這樣的習慣，連今天這種沒什麼事的日子也不例外。
閱覽區正中央的座位由我坐，左邊是小桑，右邊是 Pansy，對面坐著葵花和 Cosmos。這就是大家固定的座位，今天也一樣是這樣的隊形。
「嗨，花灑，你來得這麼晚。出了什麼事嗎？」
「我花了點時間甩掉翌檜。」
「這樣啊？那個，誤會的事不要緊了嗎？我聽說了各式各樣不好的傳聞……」
「還好啦……現在是不太好，但我會想辦法的。」
「……這樣啊？」
呃，說不定讓她多操心了。她開始在筆記本上寫起字來。

「嗯～～……啊！對了對了，Pansy，今天的點心是什麼？」

「這個嘛，日向同學，我今天做了些有點意思的東西來……就是這個。」

葵花和 Pansy 大概是顧慮到氣氛太沉重才改變了話題吧。

想到自己讓她們這麼費心，就覺得有點罪惡感。

「呃……這是鬆餅和炸雞？」

「是啊。然後淋上楓糖漿來吃。」

「咦……咦咦咦咦咦咦！」

「這可……厲害了。」

看到 Pansy 咚一聲放到桌上的楓糖漿，葵花和 Cosmos 都嚇了一跳。

也是啦，的確是會嚇一跳。之前 Pansy 第一次做了這個來的時候，我也嚇了一跳。

當時我就覺得怎麼可能把楓糖漿淋到鬆餅和炸雞上來吃。

「好……好吃嗎？」

「是啊，當然了。花灑，你說是不是？」

「對。葵花，妳就先吃吃看再說。Cosmos 會長也請吃吃看。」

「那、那……我吃吃看。」

「我、我也吃一個……」

葵花與 Cosmos 把鬆餅還有炸雞切成一口大小，然後淋上楓糖漿，接著戰戰兢兢地放進嘴

裡……

「哇啊！好棒喔！」

「這可真讓我嚇了一跳！說來難以置信，但滋味非常搭！」

「可是，我不太會炸炸雞，炸雞是買來的。所以下次如果能請秋野學姊做炸雞來，我想應該會變得更好吃。」

「這包在我身上！我會拿出看家本領做來給大家吃！」

我覺得最近我們五個人的距離比以前更近了。

大家一起吃吃 Pansy 的點心，Cosmos 午餐多做了些來分給大家，葵花和小桑炒熱氣氛，開心地笑鬧，氣氛相當不壞。

我們雖然發生過很多事，但我覺得最終能演變成這樣的關係是非常好的事。

哪怕無法解開翌檜的誤會，讓那篇令人遺憾的報導在百花祭發出去，只要有這幾個傢伙在，我就能覺得船到橋頭自然直，這也是事實。

花舞展的練習也很順利，所有人的舞都愈跳愈好，只要就這樣繼續好好練習到正式上場那一天，相信應該能夠成功。憑我們現在團結一致的情形，這點小事難不倒我們。

要說有什麼問題，我唯一掛心的就是小桑似乎還有所拘泥，絕對不碰 Pansy 做的點心，但相信這個問題也遲早會解決的。我相信。

吃完飯後，我們悠哉地閒聊起來。
「我說花灑啊，最近我在練習指叉球！我是很想一直只靠直球決勝負，但最好還是也會投變化球啊！」
「是喔？那你練得怎麼樣了？」
「球還不太會往下壓，不過只要多練習就完全可以用！」
小桑投變化球啊？之前他一直只靠一路直球打到底，現在會想要學變化球，多半還是想要一雪去年的恥辱吧。
「Pansy，有沒有什麼有趣的書？我喜歡看緊張刺激的書！」
「我想想，如果是這樣，那我推薦杜斯妥也夫斯基的《罪與罰》。雖然故事有點長，但我想妳會看得很緊張刺激。我們圖書室就有，妳要借嗎？」
「嗯！我要借！謝謝妳，Pansy！」
葵花……妳一看書，不到三十分鐘上眼瞼和下眼瞼就會合體，不要緊嗎？
……不過也好。看不看書是葵花的事，更重要的是，我今天有個提議想提出來。憑現在的我們，在練舞方面差不多有件事情該做了。
我要好好告訴 Cosmos。
「Cosmos 會長，今天放學後，我們要不要一次跳完全部舞蹈試試看？妳想想，我們已經進步很多，差不多該為正式上場……」

「噢，這件事啊，我有個小小的提議。」

唷？Cosmos 怎麼用高深莫測的聲調打斷了我的話？

「請問是怎麼了嗎？」

「我是想說，我們暫時不要再練花舞展的舞了。」

「啥！」

我忍不住站了起來。為什麼這女的會突然講出這種話啊？

「對不起，花灑，這個提議，我也贊成……」

「我也是。不好意思啊……花灑。」

「喂、喂，等一下好不好！你們幾個，這是怎麼回事！」

葵花和小桑竟然也都贊成 Cosmos 的意見喔！

要是放學後不再練習花舞展的舞，大家聚在一起的時間不就會減少嗎！

而且要是不好好練習，就會影響到正式上場的表現……

「花灑同學，我會好好解釋理由，你冷靜點。」

「……我明白了。」

「其實最近，我盡顧著花舞展的練習，學生會的工作已經累積得相當多了。舞蹈方面我們已經愈來愈穩，我認為這樣看來，正式上場時也能好好跳完，所以想以學生會為優先。當然我不會荒廢自主練習，但放學後大家一起練習的這個部分，我想暫時取消。」

原來如此。說穿了就是 Cosmos 忙起來了，沒有辦法參加是吧？

可是，這為什麼會變成要取消放學後的練習？

就算 Cosmos 不能參加，葵花和小桑……

「花灑，你聽我說。他們跟我說在百花祭上希望我能去幫忙網球校隊的工作。所以，我就想說那邊也多少得顧一下，就去找 Cosmos 學姊商量了。」

「我也得去幫忙棒球校隊啊！不好意思啦，花灑！我沒辦法不管棒球隊那些傢伙。我就是找 Cosmos 學姊商量這些。」

所以 Cosmos 才會整理大家的意見，說要停止花舞展的練習啊？

可是，只剩一週了耶。既然這樣，先去把各自的工作顧好不就好了嗎？

不，說這種話也是為時已晚了啊……

「……就是這麼回事。還有，我從明天起，午休時間也不打算來圖書室。」

「怎麼這樣！」

俗話說禍不單行，還真的就是這麼回事。Cosmos 說不再來圖書室？

這麼說來，我們五個人聚在一起的集會就要在今天結束了喔……？

「為什麼突然……」

「是為了翌檜同學的事。」

翌檜？

這個，我當然是想解開她的誤會啦，可是午休時間我都有甩掉她，來這裡聚會明明就沒問題！

「最近花灑同學每天午休時間都是甩開翌檜同學的貼身採訪後才來圖書室吧？想來這就是原因，你看起來相當疲憊。」

「不，這種事情也不必那麼在意……」

「不行的，花灑同學。你現在的狀況遠比我想像中更糟糕。起初我還認為即使報導被發出去，只要好好跟大家說就不會有問題，但無論我怎麼否定那些提到你的謠言，都沒有人聽得進去。事情會演變到這樣，我也有一部分責任。如果在你第一次找我商量時，我能夠不輕視這個問題，好好正視問題，也許就不會演變成現在這種情形了……真的很對不起。」

「就、就說我沒事了！請不要在意我，大家一起……」

「不行的。如果我們就這樣繼續泡在一起，等那篇報導正式發布出來，你的狀況會比現在……不，是會比上次更惡化。當時也是我害得你那麼痛苦，這次卻還要害得你更慘……這種事我絕對做不出來。」

Cosmos 這麼一說，小桑和葵花也跟著表情黯淡。

有什麼關係嘛！那件事已經解決了！

而且，比起被其他傢伙討厭，沒辦法再和這幾個傢伙一起更讓我……

「所以，我們就不要再有來往了。你還記得吧，一開始你不就這麼說了嗎？說要讓謠言平息，只要暫時完全不要跟我們來往就好了。」
的確，提議的人是我。我自己完全不和這些受到誤會的人來往。
我認為這樣可以最快解開誤會。
以前被他們拒絕了，但 Cosmos 說現在她願意照辦。
Cosmos 說的話全都是對的。要在這種局勢下起死回生，讓翌檜寫出報導承認三劈報導是錯的，這應該就是最合適的手段了吧。
所以，本來她的這個提議應該是可喜的……但不巧的是，我實在沒辦法為此高興……
「花灑，我也會忍耐一下！午休時間我也不來，也不和花灑說話！」
「我午休時間也暫時不來了。那個，雖然不知道會不會順利成功，但我會跟棒球隊的那些人好好講，至少不讓他們誤會……」
連葵花和小桑午休時間都不再來圖書室喔……
而且還說暫時不跟我說話……這樣豈不是回到和好之前的狀態了嗎！
虧我那麼辛苦才總算和他們和好……為什麼這些又要消失了！
「我說完了。那麼，雖然還早了點，我學生會那邊有事，先走一步了。」
「我也是！我跟網球隊的學妹有事情要談！」
「我也是！我得跟棒球隊的那些傢伙談好百花祭的事才行！」
Cosmos、葵花與小桑也不管我一臉茫然，站了起來。

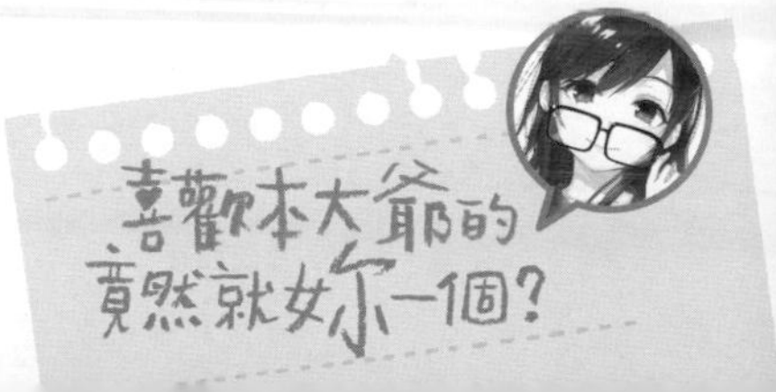

為什麼你們的態度這麼乾脆？什麼眷戀都沒有嗎？

最近我們不是一直很要好嗎？不是嗎……你們卻……可惡！

到頭來，我什麼話都說不出來，只能目送他們三人離開。

「所以，花灑同學要怎麼做？」

三人離開後的圖書室裡，Pansy 淡淡地對我問起。

為什麼她可以這麼冷靜？

我可是挺……不，是大受打擊……但是對妳來說，和他們三人相處的時間就只有這點分量？都不會覺得有什麼重要的？

「從秋野學姊的說法來考量，花灑同學最好也暫時別來圖書室。當然我們是曾經有過約定，但現在可以例外。即使你不來圖書室，我也不會有任何怨言，不會生氣。你放心吧，我也覺得誤會最好能解開。」

是喔……這麼說來，我暫時不用跟妳有來往了是吧。

這可好辦了。坦白說，既然能看到妳那模樣的可能性很低，我就沒有理由來圖書室。妳難得也有好的一面嘛。

Pansy，妳對我絕對不會說謊，所以妳大概真的不會有任何怨言，也不會生氣吧。

「我的話你不用放在心上。我一直都是一個人過，現在也只是恢復原狀。所以花灑同學，請你以自己為優先。秋野學姊不就說花舞展也已經不要緊了嗎？」

「也對……妳說得沒錯……」

可是啊……妳這話只是在表達一些和「寂寞」、「悲傷」不一樣的情緒吧？

都露出這麼不安的表情，虧妳還能用那麼平淡的聲調說話。

「……所以，你要怎麼做？」

「我午休時間跟放學後都會來圖書室……就跟之前沒什麼兩樣。」

「是嗎？你多少對我了解了些呢。我非常開心。」

既然這樣，從一開始就老實說啊。妳這女人真麻煩。

*

放學後，小桑和葵花為了去參加社團活動而離開教室後，我則為了練習跳舞，拿起體育服從座位上站起，翌檜就走到我身邊來。

看來她今天也打算徹底貼身採訪。唉……我在很多方面都已經累了啊。

「那麼，今天也請多多指教了，花……」

「打擾了，翌檜同學在嗎？」

這時卻聽到一個堅毅的嗓音迴盪在教室內。

「咦？是 Cosmos 會長……吧？」

唐突出現的訪客讓翌檜瞪大了眼睛。班上的其他同學似乎也為學生會長 Cosmos 突然出現在我們班上而吃驚。

「可以耽誤妳一點時間嗎？」

但 Cosmos 完全不介意這些視線，直線走到翌檜身前。

一隻手上還拿著片刻不離身的愛用筆記本。透出幾分正經的眼神製造出緊張感。

「是不要緊……但如果可以，我是希望可以進行花灑的貼身採訪……」

「是嗎？那我盡量長話短說。其實接下來這陣子，我要忙學生會的業務，葵花同學和小桑也都各自要去幫忙自己社團的百花祭展覽，所以不會再練花舞展的舞。我就想到來跟妳說一聲。」

Cosmos 看也不看我一眼，直視翌檜這麼說。

也就是說，她會遵守約定，完全不跟我來往了是吧……

「是這樣嗎！倒是學姊為什麼要告訴我這件事呢？」

Cosmos 想說的多半是「我們不練花舞展的舞了，所以再對我貼身採訪也看不到我們來往的情形，沒有意義」。翌檜這丫頭是在裝傻，明知故問啊。

「哎呀，妳說妳不懂理由，那可說不過去了。我還以為妳一定明白呢。」

「對不起，如果學姊願意『具體』說出來，我想我會懂。」

「我是為了讓妳不要刊登『錯誤的報導』才給妳忠告。給曾經犯下失誤的妳忠告。」

「我已經下定決心再也不要犯下同樣的失誤，不勞學姊擔心。」

這氣氛好猛。翌檜和 Cosmos 都面帶笑容，眼睛卻根本沒在笑。

看在我眼裡，甚至覺得她們之間迸出了火花。

Cosmos 的目的是阻止她對我貼身採訪。

翌檜的目的是讓 Cosmos 說出我的名字。

「學姊想說的就只有這些嗎？那我就要為了收集百花祭的題材，對花灑……」

「噢，百花祭啊？這話題很好。你們校刊社正在製作要在百花祭上發的特刊號吧？既然這樣，何不趁我們不練花舞展舞蹈的現在，去收集其他情報呢？」

「請學姊放心！其他社員都有好好在整理花舞展以外的百花祭報導，所以我打算專心收集花舞展的題材！」

兩者互不相讓，戰況愈演愈烈。

從以前我就覺得翌檜這個女生很有膽識，沒想到竟然敢跟 Cosmos 起衝突……

「可是妳也——」

「而且，Cosmos 會長，從我的觀點來看，倒是覺得妳的行動本身就是很好的報導題材了呢。」

「嗚！」

翌檜撂下的這句話讓 Cosmos 面露難色。然而翌檜的確說得對。

Cosmos 多半是為了叫翌檜停止對我貼身採訪，才直接來找她談。

然而對翌檜而言，這個行動本身卻只會是令她更疑心的材料。

畢竟最懷疑我們的就是翌檜。暗示翌檜別再跟我扯上關係，這樣的行動本身就會招來誤會。

「也許是這樣沒錯，可是……不，妳說得對。」

真是意想不到，翌檜竟然講贏了 Cosmos。

翌檜講贏了才貌雙全、眉清目秀的學生會長 Cosmos。

「只是，最後，我還是姑且忠告妳一句話。我今天打算查看各社團的百花祭準備工作進度，同時調查各社團是否確實遵守活動時間。因為我聽說有的社團並未申請就進行活動到超過本來該遵守的時間。」

「我想校刊社應該沒有問題。至少，在我所知的範圍內沒有……」

Cosmos 大概是想透過說出自己的行程告訴翌檜她今天一整天都不會跟我有任何來往。

「那我告辭了。不好意思，耽誤妳的時間講些奇怪的話。」

Cosmos 只說了這幾句話就轉過身去，離開了我們班。

直到最後都一句話也不對我說，也不和我對看一眼……

「……那我們也走吧。」

「花灑……我不對你貼身採訪了。」

我不想繼續待在氣氛凝重的班上，所以催翌檜走人，結果卻跑出這麼一句話來。

不對我貼身採訪？這該不會是說，誤會已經解開了？

「因為既然 Cosmos 會長說也會來校刊社詢問白花祭的準備進度，我也想說明我所準備的報導！除了那篇報導以外，其他花舞展的報導我也都有好好準備！當然從明天起，我又要對你貼身採訪，到時候再請多多指教！」

搞什麼……原來是空歡喜一場啊……

她只有今天不在，從明天起又要繼續貼身採訪是吧？想來也是啦。

那我今天就趕快……嗯？收到簡訊了。這不是 Cosmos 傳來的嗎？

『不好意思，我是想阻止她對你貼身採訪，卻弄得火上加油了。』

『請不要在意。謝謝學姊費心。』

而且也多虧了 Cosmos，我今天不會被她貼身採訪。

倒也不是沒有意義啊。Thank you 啦，Cosmos。

*

我一走進圖書室，Pansy 已經獨自在櫃臺裡看書。

她還是一樣顯得毫無感情，但心情多半比平常好。

她一看到我，就開開心心地把玩起自己的辮子。

然而，卻也沒特別說什麼話。我走到圖書室內深處，打開以前 Cosmos 拿來的卡式收音機，就這麼一個人默默開始練習跳舞。

我一開始練，Pansy 就來到跳舞的我身旁，在附近的椅子上乖巧地坐下。

喲！呵！嘿呀！嗯……這樣有進步嗎？

畢竟我一直和別人搭檔練習，一個人實在不知道……啊，對了。

「我說啊，Pansy。」

「什麼事呢？」

嗯～雖然被拒絕的可能性也很高，但就不抱期望地問問看吧。

「妳現在有空嗎？」

「還好，不忙。」

Pansy 啪的一聲合上本來在看的書本，以懷著幾分期盼的眼神看過來。

憑她的本事，多半早就知道我想說什麼了。

呃，總覺得很悶……但也沒辦法啊。

「既然這樣，可以陪我練習跳舞嗎？」

「……為什麼？」

Pansy 的聲調微微變得雀躍，問出這個問題。

這女的……絕對是明知故問……

「花舞展的舞是要跟舞伴跳的。所以，比起一個人跳，兩個人一起跳，練習起來比較有效果。」

她看起來運動神經不是多好，然而，還是比沒有舞伴要好。

「我對運動不太拿手，也從來沒跳過舞。」

「我從一開始就沒怎麼指望妳很會跳。最基本一定要會的我會教妳，來陪我練嘛。」

「……」

接下來十秒鐘左右，Pansy 什麼都不回答，靜靜把玩辮子，淡淡地看著我。最近我跟她待在一起的時間很長，知道她為何什麼話都不說。

說穿了，她就是在表達「還不夠」。

該死……為什麼我為了找個練習對象，就非得這麼辛苦不可？

好啦！我說就是了！

「……我想跟妳跳舞。」

「真沒辦法，我就姑且當作算數吧。」

Pansy 說話的同時從椅子上起身，用力握住我的手。

啊啊……我的精神受到了莫大的創傷。這句話要說出口，真的費盡心力。

「嗯，那開始嘍。」

「好的，我會努力試試。」

唉……其實我本來是想跟葵花還有 Cosmos 跳舞啊。

我為什麼在跟這麼不漂亮的女人跳舞？

即使知道她其實很漂亮，但眼前看到的是這種模樣，實在是……

「好難呢。」

Pansy 給人的印象就是不太運動，結果果然不出所料。

她的態度仍然像平常一樣冷靜，但動作很不牢靠。我雖然也是個外行，但她更是超乎我之上的大外行。

「有夠差勁。」

「我覺得在抱怨之前，應該更細心教導訣竅才對。」

「加油。」

「你不更具體教我，我不管跳多久都不會進步的。」

Pansy 的身體不時貼到我身上，傳來柔軟的感覺，散發出溫和的氣味。

該死……如果這時候她是那個模樣就很完美的耶……

啊啊，乾脆閉上眼睛練習，會不會比較好？

這樣我就可以在腦內描繪出她的那個模樣……不，還是不要吧。

我跳舞的資歷很短，要是做出這種事，搞不好會害 Pansy 受傷。
還是乖乖死心，老老實實練習吧。

「花灑同學，我剛剛跳得怎樣？很高竿吧？」

大概是因為總算能跳得不踩到彼此的腳而自豪，Pansy 說話的聲調顯得心情很好。

只為了這點小事就能這麼高興，妳這女人真的很好打發。

話先說在前面，我可一點都不幸福，反而處在不幸的顛峰。

畢竟誤會沒解開，他們又不來練習，真的是夠慘了。

「就請妳繼續努力，陪我練到他們回來為止。」

「我無所謂。我們就趁現在多練練，到時候用高竿的舞步嚇大家一跳吧。」

結果，接下來好一陣子……在他們三人回來練習跳舞之前，我都過著和 Pansy 練習跳舞的這種有點莫名其妙的日子。

然後……命運分歧點的百花祭終於開始了。

我們的百花祭

第五章

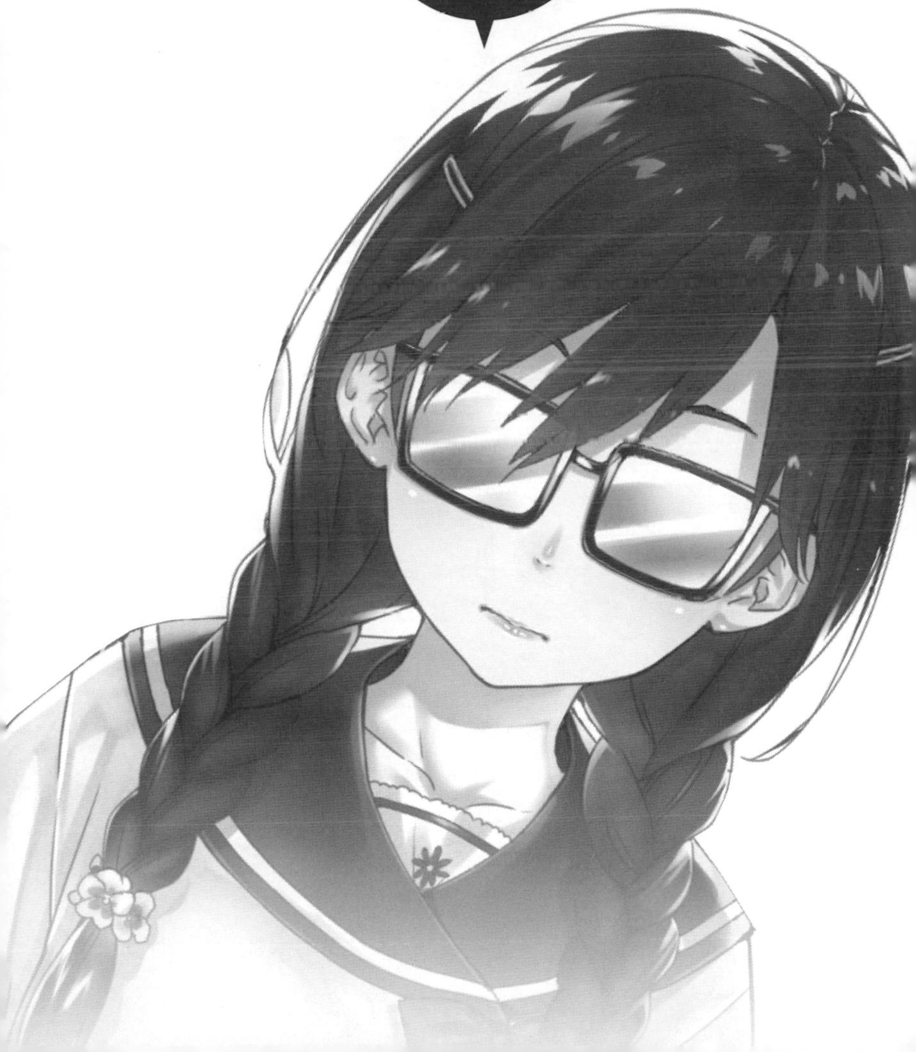

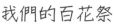

「喂～～！這個展示品，擺這邊可以嗎？」
「就擺那邊ＯＫ！還有，哪個人去跟老師要一張模造紙！」
「不用擔心！我已經先準備好了！」
「Thank you！翌檜！」
早上我一走進教室，映入眼簾的是一片非常忙碌的光景。
這也難怪。今天就是百花祭當天。
無論學生對這個活動多麼不起勁，至少當天都會努力，這點就和去年一樣。
「啊，花灑！早安！」
「早安，翌檜。」
翌檜手忙腳亂地雙手拿著模造紙，來到我身邊一鞠躬。
馬尾甩到前面來，挺有趣的。
「奇怪？葵花沒跟你一起嗎？」
「對。畢竟她要去幫忙網球校隊準備，而且我跟她又沒在交往。」
好了……剛才我也說過，今天就是百花祭「當天」。
為了已經忘記的讀者，我們就來複習一下那天翌檜說過的話吧。

「請你放心，我沒提到各位受害者的名字，而日也還沒發出去！因為這篇報導是打算放在要在百花祭發放的特刊上。所以，我對花灑進行貼身採訪的期間，只到百花祭特刊要發放出去的前一天！而我會根據你到那一天為止的行動，變更這篇報導的內容！」

就是這個。翌檜以前曾經以滿臉的笑容，把一篇標題叫作「雜碎的極地．如月雨露！對三位女性極盡蹂躪之能事！」的報導拿給我看。不巧的是，這篇報導曾經因為陰錯陽差而發到學生手上，但校刊上尚未證實那篇是真是假。

而這件事就是要在百花祭當天證實。

也就是說，為了設法解開翌檜的誤會，為了讓她寫報導澄清先前的報導是誤報，直到今天我都一直在奮鬥，還被紅人群敵視，可說吃盡了苦頭。

而結果呢……！

「是這樣嗎！不過那件事，就請你期待明天吧！」

其實……還不知道會怎樣……

畢竟翌檜他們校刊社所編寫的百花祭特刊是要在明天，也就是百花祭的第二天發出去。

所以今天，我懷著就像考生為了考試結果而一顆心怦怦跳的心情，立場上也只能祈求翌檜願意寫出報導，澄清我的三劈疑雲是假的。

「今天我姑且也要進行貼身採訪，還請多多指教嘍！」

「……好啦。」

不枉我從一週前就在 Cosmos 提議下開始進行的暫時停止交流行動，我的把握大概是一半一半。我認為不管結果是哪一種，都不奇怪。

直到百花祭前兩天，Cosmos 和葵花都完全不跟我來往，這的確是很好，但畢竟我和 Pansy 的來往可就密切了。

由於每次午休時間，我都先甩掉翌檜才去圖書室，也就並未被翌檜目擊到現場；但就放學後而言，翌檜就只有跟 Cosmos 起了爭執的那天沒跟來。

之後每一天，翌檜都出現在放學後的圖書室。

然後 Pansy 明明沒有參加花舞展卻和我練習跳舞，翌檜看在眼裡自然是懷疑再懷疑。

再加上作為最終確認，從兩天前起，我還和 Cosmos 與葵花練習一次跳到底。

不過還好啦，她們兩個的態度都有夠見外，幾乎一句話也沒說就是了……

我也知道這是為了因應翌檜……可是老實說，還挺難受的。

……唉，如果事情能擺平就還好，但我又不知道翌檜看到這種情形，會做出怎樣的判斷耶～

就我的不幸數值而言，是覺得屆時發出去的可能會是確定三劈為真的報導。也只能祈求翌檜大發慈悲，別讓事情弄得太難堪了。

「倒是翌檜，妳不用去幫忙校刊社嗎？」
「請不用擔心！校刊社這邊是只要把以前做好的報紙放到社辦就好，所以昨天就已經全部準備完畢了！」
什麼？妳說以前做好的報紙？
「喂，妳是指我的……」
「請你放心！放在那兒的終究只是到去年為止的報紙！」
這不就表示今年沒關係，明年放的就糟糕了？
不過，那篇報導是出了差錯才發出去的，大概不會放？……這可得問清楚。
「花灑，今天的花舞展，請你要加油喔！我會為你加油的！」
……我一瞬間以為又是奇怪的誤會，但想來大概不是。
翌檜是純粹支持我。
最近由於貼身採訪的影響，我幾乎一直在跟翌檜來往。
這讓我知道了一件事，就是這女生人還挺……不，是非常善良。
她和某三個人不一樣，不會用目中無人的任性使喚我，而且似乎是因為在校刊社查過很多事情，知識也很豐富，聊起來很有意思。
我現在被班上女生討厭，又被 Cosmos 和葵花疏遠，所以有翌檜這個女生願意跟我說話，對我來說是非常寶貴，非常可貴的。

只是明天報導一出，她也可能變成魔鬼……

真的好希望這一切都是誤會的情形可以說個清楚，讓大家一起好好相處啊。

「花灑，你怎麼啦？一直盯著我看。」

「沒什麼啦。」

「是嗎！那就當作是你發現我的魅力，看我看呆了吧！」

「不要擅自給我往對自己有利的方向解釋！」

「啊哈哈哈！花灑開不起玩笑，好傷腦筋喔！」

我一邊拌嘴，一邊也跟著準備班上要展出的東西。

*

百花季終於開始了。現在下午三點，入場情形相當不錯。

但話說回來，我們學生倒也沒什麼事情要做。畢竟這就只是普通的展覽。

輪流有幾個人在班上待命，其他人在輪到值班的時間以外就會跑去看別班或社團的展覽。在這種情形下，我則選擇……和翌檜一起來到了校刊社。

「『棒球校隊輸得可惜！錯過甲子園的夢想！』是吧……」

「這是去年七月出的校刊吧！這裡是我寫的！」

翌檜指著我手上報紙的一部分，顯得很自豪。

我現在拿著的，是去年棒球校隊參加地區大賽決賽翌日的報紙。

整版都是棒球校隊隊員痛哭流淚，以及小桑面帶笑容鼓勵隊員的照片。

……好懷念啊。當時，我立刻注意到小桑很沮喪，趕緊離開球場，去找炸肉串店耶。

結果奇蹟般地附近就有一個炸肉串攤子，我就把那兒的炸肉串全都買了下來。

不知道那個炸肉串攤，今年會不會也來擺攤。記得去年那個型男店員就發牢騷說營業額不理想，但炸肉串還挺好吃的，而且不管是贏球還是輸球，今年我一定要讓小桑吃到炸肉串，所以如果今年他也能來擺攤，那就太令人高興了。

「花灑，你那麼關心棒球隊的報導喔？」

「對啊。希望今年小桑一定要打進甲子園。」

「花灑真的好喜歡小桑耶！該不會你們其實在交往……」

「才沒有！我和小桑就只是普通……嗯？」

奇怪？怎麼手機在震動？這種時候是誰……等等，這不是小桑打來的嗎？

說起來，我和小桑也已經很久沒有說話了啊。

他說是為了解開棒球校隊那些人的誤會，早上和下課時間都很少待在教室。

……那現在是怎麼了？

「喂？小桑，怎麼啦？」

『花……花灑嗎……』

嗯？他的聲音好無力啊，跟平常那種熱血到讓人受不了的聲音，還有以前聽過的冷血聲音都大相逕庭……啊哈，我看小桑是在耍我吧？

該不會是要講什麼我大口大口吃下有人匿名送的紫色餡餅，吃壞肚子，走不出廁所，所以沒辦法參加花舞展吧？就算是小桑，總不會搞出這麼白痴的事……

『抱、抱歉……我小口小口吃下有人匿名送的紫色餡餅，吃壞肚子，走不出廁所，所以沒辦法參加花舞展……』

還真的搞出來了！雖然不是大口大口，而是小口小口，但都一樣！

真虧你會想吃下這種東西！怎麼想都應該會覺得可疑吧！

「喂、喂！小桑，你還好嗎？我來叫救護車……」

『不用，沒有必要……我只是打開了潘朵拉的盒子一點點而已。』

這種問題可以只說是一點點嗎？

『所以不好意思，我有點……唔吼喔喔！』

啊，電話掛斷了。電話在「唔吼喔喔！」聲中掛斷了！

「小桑？喂，小桑～～！喂～～！喂～～！」

該死！我也知道電話都掛斷了，喊了也是白喊……但果然不行啊！

小桑竟然在這種時候辭退，這真的不是鬧著玩的……

離正式上場已經沒有多少時間了耶……

「……唔、唔吼喔喔……」

「花灑，你怎麼了嗎？你臉都綠了耶。」

不妙……換作平常，翌檜擔心的眼神會讓我不由得感動，但現在我絲毫沒有這種心情。

怎、怎、怎、怎麼辦？小桑沒辦法參加花舞展也就表示……慢、慢著。

在慌張之前得先聯絡才行！趕快聯絡 Cosmos 吧！

「翌檜，不好意思，我去打個電話！」

「咦？好、好的！我明白了！」

總、總之先冷靜下來，在手機寫人字吞下去……吞個頭啦！

我要操作觸控螢幕打電話給 Cosmos！來，輕輕碰一下！

拜託……這種時候千萬不要打不通……接了！

『喂？』

「Co、Cosmos 會長！」

『怎麼啦，如月兄？如此慌張。』

怎麼啦，秋野兄？如此武士口氣。

是為了花舞展而緊張嗎？……等等，現在不是在意這種事情的時候啦！

「這、這個……小桑說不能參加花舞展了……」

『這是何等天外飛來的橫禍！』

我知道妳很吃驚了，拜託差不多該從武士口氣恢復正常啦。

總覺得之前她也曾經變成這種口氣，不自然的感覺強得非同小可。

「剛才我跟他通過電話，他似乎非常不舒服。雖然好像不至於需要叫救護車，但說暫時走不出廁所……」

其實他似乎打開了潘朵拉的盒子，但這點就別提了吧。

畢竟無論小桑的浩劫還是小桑留下的希望，我都不太想知道。

總之，我一定要把這個沒事對小桑下手的傢伙揪出來，狠狠教訓一頓。

小桑正為了今年一定要打進甲子園而努力，這人竟敢搞壞小桑的身體，即使上天原諒，我也不原諒。

『那麼，我們可得找人代理才行了啊。』

「可是，要拜託先前完全沒練習過的人臨時出場，實在……」

『我覺得至少比缺人要好。因為花舞展裡一名男生輪流和三名女生跳舞，乃是最大的看頭……在下這就去找找看。』

沒辦法出場的是男生就是了。

「我也去找找看！總之要是找到人選，就麻煩聯絡我一下好嗎？當然如果我找到，我也會馬上聯絡！」

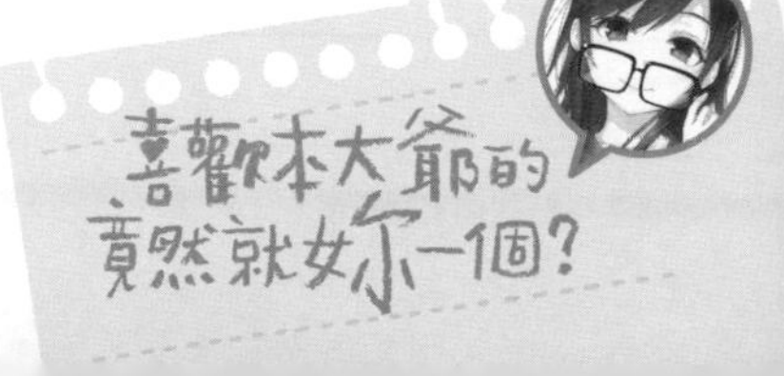

『遵命。』

於是我結束了這通和武士Cosmos的電話。

真的假的……好死不死，小桑竟然偏偏在百花祭當天退場……

平常絕對不會生病，還說什麼「我的身體可是金本級的！」莫名其妙和連續出場次數世界紀錄保持者較勁的小桑，竟然會……

「我說啊～花灑。」

「幹嘛啦……翌檜？」

「我是聽你剛剛說的話來推測，該不會是有哪位不能參加花舞展了？」

「是啊。小桑吃壞肚子，沒辦法出場了。得找人頂替才行。」

可是要怎麼辦？我和Cosmos邀請，會有人肯參加嗎？

誤會尚未澄清。在這種情形下出口邀約，很可能沒有任何一個人會點頭……不妙，這下絕對不妙啊。

最壞的情形下，不只是我，連Cosmos和葵花也會受害……

「花灑，如果是這樣，要不要我出場？」

「咦？翌檜？參加花舞展？……真的假的！」

「是。不要緊的，我啊，對運動神經還挺有自信的！」

「這可幫了我大忙！真的幫了我好大的忙！」

這是何等僥倖！

不愧是翌檜！在大概對我很好女生排行榜上坐穩第一名的寶座，真不是坐假的！

「我明白了！那我馬上聯絡 Cosmos 會長！謝謝妳！」

「哪裡哪裡。花灑提供了我很多題材，就當作是我特別答謝你。」

「是嗎！那就當作是互不相欠了！」

「喔？你漸漸恢復平常的樣子了嘛。既然這樣，我希望你趕快聯絡 Cosmos 會長。畢竟機會難得，我也很期待花舞展，所以想避免同時找到參加者的雙重登記情形。」

「知道了！」

即使 Cosmos 本領通天，應該也沒辦法在這麼短的時間內找到人代理吧。

畢竟從我剛剛打電話到現在，還過不到五分鐘。

哎呀～～真的是還好跟翌檜一起！我馬上打電話給 Cosmos！

『喂？』

「Cosmos 會長！我找到要在花舞展上跳舞的最後一個人選了！」

我確定對方接了電話的瞬間，就毫不掩飾亢奮地喊了出來。

「『噢，是嗎？其實我也正好找到了呢。』」

嗯？跟剛才不一樣，不是武士口氣，可是會不會有點怪？

總覺得剛才 Cosmos 的聲音不只是從手機發出，還從我身後……

「找到了你們。」

「喔喔喔喔！一定是來啦！」

嚇我一跳。我還以為出現在我背後的是貞子Cosmos！可是，是平常的Cosmos！

我想多半不是從水井或錄影帶裡跑出來，是從學生會室來的！

……倒是啊，妳為什麼會在？

「嗨，花灑同學，翌檜同學。」

但Cosmos華麗地無視我的這種呼喊，露出平靜的笑容。

「學、學姊好……」

「妳好，Cosmos會長。」

我和翌檜對她的笑容心生恐懼，怯懦地低頭打招呼。

老實說，乍看之下平靜又溫和，但從背後發出的氣息太可怕啦。

「我在找你們兩位，真沒想到你們竟然在一起。從某個角度來看，也許算是幸運吧。」

咦？Cosmos在找翌檜？

該不會Cosmos本來就想邀翌檜參加花舞展？

既然這樣，就趕快告訴她翌檜已經答應參加了吧。

「那個，Cosmos會長，翌檜說她願意參加花舞展！所以，不用再找人參加了！對吧，翌檜？」

「是！就是這樣！」
「是這樣嗎？我也覺得不用再找別人頂替了……既然這樣，我要告訴花灑同學的事情就說完了。」
妳好厲害啊，Cosmos。聽妳的口氣，豈不是從一開始就知道翌檜願意參加花舞展嗎？可是，總覺得情形不太對勁啊……
「那麼翌檜同學，我有話想跟妳談，可以請妳一起來學生會室一趟嗎？」
「呃，是要談花舞展的事嗎？如果是這樣，花灑也一起……」
「不，他不必來。翌檜同學，只需要妳一個來學生會室。」
「可是……」
「請、請等一下好不好！為什麼我就不用！」
我不由得攔在她們兩人之間喊了出來。呃，這到底怎麼回事？
「我不需要說出理由。這件事花灑同學不用知道。」
好的～～！我明白了！那麼，花灑會乖乖留下～～！
等等，不行吧！我不能在這裡嚇得退縮啊！
「如果是要談花舞展的事，我也去。」
「可是啊……」
「我也覺得花灑一起比較好！要是花灑不來，我也不去！」

「唉……好吧……」

Cosmos 在嘆氣的同時有點厭煩地說出這句話，但仍然答應讓我同行。

要插手女生之間的談話實在不是很得體，但這個狀況應該算是例外吧。

「那我們就走吧，畢竟時間寶貴。」

Cosmos 到底打算對翌檜說什麼呢？

聽她說我不用知道，反而更讓我好奇了……

＊

「首先，可以請你們兩位都先坐下嗎？」

一走進學生會室，我們乖乖聽她的吩咐，在折疊椅坐下。Cosmos 也隔著桌子，在我們正對面的折疊椅坐下。

「好了，那我們就開始吧……翌檜同學，妳說願意參加花舞展是吧？」

她翻開愛用的 Cosmos 筆記本，先發出平靜的聲調。

但這並未破除瀰漫在學生會室之中的凝重氣氛。

「是。因為花灑很為難……」

翌檜難為情地甩著馬尾回答。

她的動作樸拙而惹人憐愛，讓氣氛微微溫馨了些。

「可是，我絕對不會答應讓妳參加花舞展。」

但 Cosmos 明明白白撂下的這句話，轉眼間就讓溫馨的氣氛凍結。

「請問是為什麼？現在還沒找到頂替小桑的成員吧？」

Cosmos 的話讓翌檜的眼神變得尖銳。那是一種擺明了不服氣的視線。

「這件事用不著妳來擔心。」

「再這樣下去，花舞展會因為出場人員不足而中止吧？我倒是覺得現在最好別講這些沒營養的話，趕快答應讓我參加，盡可能多練習一點才對吧？」

「這不是沒營養的話。因為接下來我要跟妳說的話跟花灑同學也有關。」

不行，總覺得情形演變的方向非常不妙。得想辦法收拾話題才行。

「不好意思，Cosmos 會長，現在……」

「花灑同學，請你不要胡亂插嘴。」

嗚！我正想插嘴，Cosmos 就用有夠犀利的眼神瞪我。

「翌檜同學，妳的心情我也不是不懂。換作是『以前的我』，說不定已經和妳同調，默許了妳的行為。」

「可以請學姊不要突然扯開話題嗎？我聽不懂。」

翌檜對有著神祕魄力的 Cosmos 毫不顯得畏懼，回答得充滿膽識。

然而，她內心多半在害怕吧，伸出手用力抓住我的手。

嗯～～……我應該回握她的手嗎？

的確，乍看之下 Cosmos 顯得目中無人，但我實在不覺得她會無謂地做出這種事啊……

「……也對。那我就拉回正題吧。」

兩者都一步也不退讓，氣氛簡直像在打以前某天放學後的延長賽。

Cosmos 不改犀利的目光，接連撂話：

「翌檜同學，妳今後不准再寫會讓花灑同學受到誤會的報導。而且，還要寫出澄清以前報導有誤的校刊，發給全校學生。這不是請求，是命令。」

「我有什麼理由要被 Cosmos 會長這麼命令？」

我也贊同翌檜的意見。

當然就我的立場而言是很高興啦，但連報導的內容都指定，就未免太過火了。

「理由我現在就告訴妳，可是……我就再問一次。讓花灑在一旁聽著，沒關係吧？」

「可以，沒關係。」

「是嗎？我知道了……」

Cosmos 的眼睛一瞬間閃過悲傷的光芒。那是一種有點像是同情翌檜，又有點像是為自己接下來要做的事情感到遲疑的眼神。然而，注意到的大概只有我吧。

翌檜還是一樣貫徹強勢的姿態。

「只是在這之前，我也要說幾句話。剛才妳的發言，我可以寫在報導上吧？因為坦白說，我覺得這是相當勁爆的獨家消息。」

的確，Cosmos 的行動等於在絞死自己。

即使是學生會長，干涉校刊社的領域仍然是違規的。

「『學生會長的暴政！對校刊社指定報導內容！』這樣應該會是一篇好報導。」

翌檜，我從以前就在想，妳是不是討厭 Cosmos？

為什麼要這麼針鋒相對？我覺得應該還有更委婉的說法……

嗯～～……這下 Cosmos 大概有點落於下風了吧……

「隨妳高興。這點覺悟我早就做好了。可是啊，翌檜同學……」

畢竟上次她也被反駁得很慘……咦？Cosmos 怎麼硬是這麼冷靜？

她對於翌檜說的話顯得絲毫不放在心上，面不改色地說話耶。

「對大家作假，一直欺騙花灑的妳，要說這種話？」

……什麼？對大家作假？還有一直欺騙我？這話怎麼說？

翌檜就只是因為我做出奇怪的行動才會……等等，喂！翌檜，妳怎麼啦！

妳這可不是超級用力地睜大眼睛了嗎！

「這、這是……」

「不好意思，我是學生會長，花舞展將會收錄淮代表健全本校的形象影片，我不能坐視心懷不軌做出接近舞弊行為的人參加。」

喂喂，這是怎麼回事？為什麼翌檜嚇成這樣？

「所以我才說不該讓花灑同學聽到啊。畢竟說來不巧，這次預習已經結束了啊。」

「妳、妳在說什麼呢？」

「喔？都到這一步了還想裝蒜？既然如此，我也得採取因應措施了……那麼，翌檜同學，妳做好覺悟了嗎？」

「……」

「那我就說下去吧。」

好可怕！Cosmos好可怕！有夠可怕！

Cosmos始終一身駭人的氣氛，啪啦啪啦地翻動愛用的筆記本，停在某一頁後，靜靜地開始說起。

「我最先覺得不對勁，是在午休時間在圖書室聽花灑同學說他隨時都被妳纏著不放的時候。就算是為了校刊社，一個女學生纏著一個男學生，未免太說不過去了吧？參加校刊社的人照理說不會只有妳一個，卻只有妳始終不離開花灑同學身邊。」

聽她這麼一說，就覺得的確沒錯。那麼，這是為什麼？

「再加上還有一點，理應『隨時』纏著花灑同學不放的妳，莫名只有午休時間絕對不會出現。這讓我一直很好奇，一直在想這當中的理由。」

「每、每次午休時間，花灑都會跑掉……」

也對。我每次都只有午休時間會甩掉翌檜。

所以，她午休時間不在也沒什麼不自然吧。

「既然這樣，那妳為什麼不來圖書室找他？憑妳的情報收集能力，應該知道花灑從以前就是每到午休時間都一定會待在圖書室吧？」

「！」

說得太有道理了……就是說啊！不管我怎麼躲，最終都一定會待在圖書室，只要去那裡，不就鐵定能逮到我嗎！

「也就是說，妳從一開始就沒打算在午休時間對花灑同學進行貼身採訪，不打算來圖書室吧？妳應該是另有更該做的事情吧？」

「沒這種事哩！就只是每次都被花灑給跑了哩！」

「對了，聽說妳一失去冷靜就會開始冒出津輕腔？妳現在看起來動搖得很厲害喔。」

「嗚！」

「妳最大的失敗，就是小看了我。」

學姊好帥！這種台詞我也想講一次看看！

「那麼……我就繼續說下去吧。」

Cosmos 啪啦啪啦地翻動筆記本，翻到某一頁忽然定住。

看來所有需要的情報都已經記載在筆記本上。這女的是多麼可怕啊。

「其實這是小桑向在棒球校隊當經理的女生問過才知道的，聽說獲選參加花舞展的她在得知自己當選為花舞展代表之後，立刻收到了一封郵件。說是因為郵件來自陌生的位址，讓她腦子一團亂，但查看內容後，她就覺得郵件上說得沒錯，於是拒絕參加花舞展。這就是那封郵件，是我請她轉寄給我的。順便告訴妳，聽說這封郵件寄到她那裡，是在花灑同學獲選為花舞展成員那天的『午休時間』。寄信時刻，記得是在午休時間開始後五分鐘左右吧。」

Cosmos 忽然拿出智慧型手機，遞到我和翌檜面前，於是我朝畫面一看，看到的是……

『花舞展代表中，秋野櫻與日向葵都雀屏中選。和兩位全校代表性美女一起跳舞的最後一位，想必會把花舞展帶得更加熱絡吧，透過陪襯她們兩人的方式。』

喂喂，這內容也太猛了吧。要是收到這種郵件，任誰都會不想參加啊。

「這封郵件是寄給校內所有女生，沒有收到的似乎就只有我、葵花同學、學生會、網球校隊，還有校刊社的成員，以及 Pansy 同學。」

「妳、妳意思是說這郵件是我寄的哩？」

「妳就當作是這樣無所謂。因為妳的情報收集能力，即使在校刊社內都是鶴立雞群。全校學生的通訊方式這點情報，妳多半輕而易舉就能到手。」

「我沒有寄這種郵件！而且我根本就沒有理由寄哩！」

的確，翌檜說得有道理。即使翌檜騙了我，但這和減少希望參加花舞展的成員是兩碼子事。

「那麼，這個如何？聽說自從花灑同學的報導被發出去以來，這個話題談論得最火熱的時候就是在午休時間。似乎是某人在某處提起了有關花灑同學的話題，話題就漸漸傳開來了。我午休時間都待在圖書室或學生會室，所以不知道，但有山田幫我查證……說穿了，午休時間就是妳為了孤立花灑而行動的時間吧？」

真沒想到山田同學會再度登場！是擔任會計那位！大家不要忘了喔！雖然是個路人。

「我每天午休時間都在社辦忙，才不知道有這種事哩！」

「也就是說，妳從一開始就沒打算對花灑同學貼身取材。謝謝妳，能從妳口中聽到這句話，讓我更加確信了。」

「！！！」

漂亮！Cosmos 完美地誘使翌檜親口說出午休時間不打算進行貼身採訪的這句話！第一回合是 Cosmos 勝利！

「接著是這個。以前，校刊社的報導曾經以錯誤的形式刊登出來吧？」

翌檜的身體猛然顫動。

「校刊社所發的報紙都是每天早上由值班的人負責印的。也就是說，如果那篇報導會發出去不是因為出了差錯，而是刻意安排的，也就有必要在早上印出來之前抽換掉報導。而要做到這一點……」

「我在花灑的報導發出去那天，沒有值印報紙的班哩！只要查了就會知道！」

「我當然查了。妳不記得了嗎？之前放學後，我去校刊社的那一天。那一天，我去視察校刊社在百花祭要做些什麼，還順便去查過刊登花灑同學錯誤消息的報紙是誰印的。」

「我當然記得哩！那天我也在校刊社哩！」

我本以為是翌檜負責值班，抽換了報紙，但純就她的口氣來判斷，似乎不是這麼回事。可是，如果不是這樣，為什麼Cosmos的態度這麼自信滿滿？

「也對。那天妳的確在校刊社迎接我對吧？妳搶在第一個把要用在百花祭的報導拿給我看，所以我印象很深。」

「沒錯！而且，既然查過，應該就知道不是我幹的哩！」

「對，我查出了妳沒在『送印當天』抽換這件事。」

Cosmos說完眼神轉為銳利，隔了一次呼吸的空檔後撂下了下一句話：

「妳是在『前一天』……抽換的吧？」

「咿！」

「校刊社每天都會在下午六點結束活動，最後檢查翌日的報導，沒有問題的話就送去印刷室。所以，可以抽換的時機有兩個。第一個是早上的報導要印出來之前，而第二個則是前一天所有社員離開後。」

「這、這是……」

「妳在對花灑同學進行貼身採訪期間，回家時也一定會跟我們一起。可是，只有一天，妳雖然進行貼身採訪卻沒跟我們一起回去吧？那就是我和花灑去說服當選代表參加的那一天。記得時刻是在下午六點二十五分。當時妳說有事情要做，就離開了。」

原來是那個時候！她這麼一說，我才想到那篇寫到我的報導發出去的前一天，翌檜就說有事要做，確定我和 Cosmos 邀請失敗後就離開了！

「才、才不是哩！那一天，結果我沒去社辦！這點只要妳查過我們社辦和印刷室鑰匙的借用申請書……」

「妳覺得我沒查過嗎？」

不覺得～～！這個人絕對已經查過！看，有一張紙從筆記本跑出來了！

「這就是我去校刊社時影印的鑰匙借用申請書。」

Cosmos 把一張紙遞到我和翌檜面前。

朝那天的借用申請人欄位一看，上面完全找不到翌檜的名字。

「看、看吧！這樣就可以確實證明了哩！」

嗯。就這第二回合來說，應該是翌檜得勝吧。

這就證明她確實沒去社辦……嗯？Cosmos 拿出另一張紙了耶。

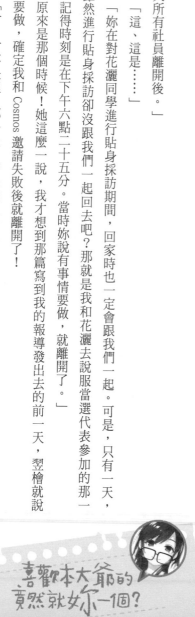

「順便告訴妳，這是我到校刊社前……由山田在下課時間去校刊社影印來的鑰匙借用申請書。」

「這！」

接著拿出的鑰匙借用申請書比起剛才那一張，原本空白的部分多了「羽立檜菜」這幾個字……等等，哇！

「也就是說，妳那天放學後之所以去迎接我，除了要拿自己的報導給我看之外，另外還有一個目的。那就是，要比我先到社辦竄改鑰匙借用申請書。」

第二回合也是Cosmos獲勝！而且贏得好狠辣！

明明從一開始就拿這張出來就好，她卻先堵死翌檜的退路之後才拿出來！

還有山田同學，明明是路人，未免太優秀了吧！不知道什麼時候會輪到出場耶！

「所以我不是說了嗎？要妳別小看我。」

這就是鬼婦的網走監獄包圍網！

也就是說，那篇報導不是出了差錯才刊登出來，是翌檜刻意刊登的？

她在放學後，等校刊社的社員全都離開後才去社辦，抽換報導……

我趕緊朝翌檜一看，看到她全身發抖，視線左右飄來飄去。

她似乎相當慌。真的……慌到會讓我覺得這一切都是翌檜幹的。

「然後，用統計的觀點整理這種種情報，我就有了確信。確信『妳從一開始就明知花灑同學並未三劈，卻刻意逼得他退無可退』。」

「請等一下！為什麼翌檜要做這種事？我自認沒做過會被翌檜怨恨的事情！」

「翌檜同學，妳的目的有兩個。第一個是『讓花灑同學孤立』，第二個是『待在花灑身邊最近的地方』。這就是我得出的結論。」

翌檜對我做出這種事的目的就是這樣？這是怎麼回事啦！

「為什麼會想待在自己孤立的對象身邊？做這種事有什麼意義……」

「翌檜同學，妳……喜歡花灑同學吧？」

喔喔！原來如此！也就是說，翌檜從一開始就對我懷著有點特別的心意，才會做出那種事……等等，真的假的？

畢竟我跟翌檜的旗不是早就在屋頂上折了嗎！我不就被叫去坐在長椅上了嗎！

「可是，有幾件事出乎妳的意料。那就是花舞展的陣容、小桑的行動，以及 Pansy 同學的存在，這三件事。」

花舞展就不說了，小桑的行動和 Pansy 的存在又是怎麼說？

「妳一開始是試圖透過讓花灑看到那篇報導，得到貼身取材的正當名分，同時讓花灑和我們保持距離。然而，花灑卻被選為花舞展的代表，讓他無法和我們保持距離。」

也對。起初我的確想著要停止和她們三個來往。

我提出這個提議後，她們三個都表示抗拒固然是理由之一，但最大的原因還是花舞展。

我其實想辭退，但我辦不到，也就轉變方針，想在和她們來往之餘設法解開誤會。

「於是妳就打算自己也要進入花舞展的陣容之中。然而在這個階段，最礙事的就是我和葵花同學，還有其他當選的人。既然花舞展的陣容會有十個經投票決定的人進入，妳就非得讓這些人當中的八個辭退不可。」

「這、這是……」

「然而，其中的兩個人，也就是我和葵花同學，在妳和其他人面前光明正大地說出要參加花舞展。妳認為在那樣的狀況下，很難要我們兩個撤回參加的意思，於是才把目標鎖定在其餘八個人身上，是吧？」

翌檜想反駁這番話，目光直直瞪向Cosmos，但大概找不到話說吧。她只有一張嘴開開閉閉，就是說不出話來。

「為了達到這個目的，妳對她們還有其他女生寄出類似黑函的郵件，讓她們欠缺參加意欲，把我們逼到找不齊成員的窘境，並打算以推薦的形式讓自己進入花舞展的陣容當中。這同時還是為了得到有傳說加持的既成事實——『被選上參加花舞展的男生，一定會和被選上的三名女生之中的一個修成正果』。」

「不、不對……我、沒有這……」

「除此之外，妳還刻意流出報導，降低花灑同學的聲望，讓全校女生都不想和他跳舞，並讓他在班上孤立。為的是營造出只有妳一個人待在他身邊的狀況。」

原來翌檜做這些是有過這麼多盤算喔！也太可怕啦！

「可是，有個人物比妳更快展開了行動，那就是小桑。相信就連妳也沒有料到，小桑這個男生會占用女生名額來參加花舞展吧？所以今天妳才會以匿名的方式，把這種東西交給他，是吧？因為這樣一來，妳就可以用當天缺人遞補的形式參加花舞展。」

出現在我們面前的，是一塊餡餅。一塊紫色的看起來就有毒的餡餅。有夠可疑的……

「很不巧，我現在不知道這裡面包了什麼，但只要去查，大概有辦法查出來吧。」

倒是小桑你啊，為什麼就偏偏趕在 Cosmos 收走這餡餅前吃了啦！

順便說一下，小桑，真虧你吃了這種東西！這種東西一般來說誰也不會吃吧！

「接著最後是……Pansy 同學。想來她應該最讓妳傷腦筋了吧。」

Cosmos 口中一說出 Pansy 這個名字，翌檜的身體就猛力一晃。

「Pansy 同學對花灑同學懷抱強烈的愛意，對妳來說一定是最棘手的對手吧？而妳看到花灑同學與 Pansy 同學的交情，判斷即使百花祭結束，他們也不會停止交流。所以我推想明天要刊登的校刊上，即使沒爆出我和葵花同學的名字，也會報出 Pansy 同學的名字吧？」

「啊、啊啊……」

「我確信這一點，是在之前放學後跟妳說話時。即使我說我、葵花同學和小桑都不會去圖書室，妳還是堅持要繼續對他貼身採訪。那應該是因為不想讓 Pansy 同學和花灑同學兩人獨處吧？」

妳還在那邊做了這種調查喔！Cosmos，妳真的好厲害！

「好了，差不多到該總結的時間了。」

Cosmos 緩緩翻動紙頁，翻到某一頁之後，停了手。

「翌檜同學，妳對花灑同學懷抱愛意，企圖獨占他。而妳為此捏造報導威脅他，寄郵件給女生們，讓她們失去參加花舞展的企圖心，還刻意把錯誤的報導刊登在校刊上，讓花灑同學在班上受到孤立。如果我說的這些都沒錯，妳現在就立刻寫一份澄清以前的報導是錯誤的校刊，發給學生們。」

好奇怪啊？我所知道的 Cosmos，平常雖然裝得一副成熟樣，遇到關鍵時刻卻是個會害羞得無以復加的小少女……眼前這個充滿男子氣概的人是怎麼回事？

不，這種感想還是晚點再來想吧。現在有別的事情應該先做。

「翌、翌檜……那個……Cosmos 會長說的……是真的嗎？」

不知不覺間，我手上那種被用力握緊的感覺已經消失。

即使我開口，翌檜仍然不看我，只一直低頭往下看。

「……是大家……太詐了哩。」

大家太詐……妳說的大家，是指葵花、Cosmos 跟 Pansy 嗎？

「我、我是……我是想一直待在花灑身邊。可是，在教室時葵花一直待在你身邊，放學後又有 Cosmos 會長在。其實我希望陪在你身邊的人是我！一些根本也不是喜歡你的人待在你身邊，這樣太賊了吧！太奇怪了吧！」

翌檜眼淚流個不停，用力抓住裙子大喊：

「可是，終於有機會來了！前不久，不管是葵花還是 Cosmos 會長，都不再和花灑說話了。所以我就想說這次一定該我了，沒想到三色院同學卻從我手上搶走了你……」

是指我和小桑他們鬧僵的那個時候啊？

說來我也就是從那陣子開始常跟翌檜說話啊。

「可是，妳應該也知道吧，知道 Pansy 同學對花灑同學……」

「我知道！這種事我當然知道哩！所以，我才努力想把花灑從三色院同學手上搶回來！待在教室時，我就拚命找花灑說話！可是，花灑都不肯好好看我！老是只看葵花跟小桑！」

是啦，畢竟當時我一直在想要和他們重修舊好……

「但就算是這樣，我還是不死心！我也知道自己這樣很詐，總之一看到花灑快要和葵花說到話，我就去插嘴，拚命想讓花灑正眼看我！」

有過這種事嗎……有！是我還沒和葵花和好的時候，我正要找她說話，翌檜就先找她說話，我就退縮了！

「可是……憑我實在贏不了三色院同學。因為我看到了……就在前不久，有一天校刊社活動拖得很久，我很晚才回去，就看到花灑和三色院同學在一棵大樹下深情對望。當時我真的嚇了一跳哩。三色院同學，竟然有那樣的祕密……」

對了，翌檜最先跟我提到三劈的事情時，就說我和 Pansy 在夜路上深情對望。原來她就是在那個時候知道了 Pansy 的祕密啊？

「妳果然知道 Pansy 同學真正的模樣啊。所以妳才覺得贏不了？」

Cosmos 問起，翌檜點了點頭。

不對，等一下好不好！翌檜知道固然也令我嚇一跳，但為什麼連 Cosmos 也知道 Pansy 的祕密？知道這件事的，不是只有我和小桑嗎？

「好詐……太詐了啦……不管是葵花、Cosmos 還是三色院同學，都比我標緻很多很多。只因為這樣就可以待在花灑身邊，這樣太詐了哩！」

呃，我和這幾個女生混在一起，倒也不是只因為她們漂亮啊……

只是話說回來，翌檜到底是從什麼時候看上我……嗯？難道……不，應該不會吧～

「最喜歡花灑的絕對是我！我從去年夏天棒球校隊打進地區大賽的決賽那個時候，就一直喜歡花灑！我明明喜歡花灑，這樣太過分了哩！」

「這樣啊，妳也是在那個時候……墜入了情網啊。」

抱歉，翌檜、Cosmos，我知道狀況很嚴肅，但這句話我一定要說。

你們一個個真的是喔，也太喜歡那個地方了吧！太特異點了吧！

「當時，比賽中有一顆界外球飛來，挺身保護我的就是花灑。看到花灑被球擊中倒地，大家都在笑，但我沒笑。我覺得這個人怎麼會這麼帥。」

抱歉，妳說的這個，我可以訂正一下嗎？

當時啊，我不是要保護妳，只是不知道那個美女裡面裝的是魔王，為了看美女而色瞇瞇地在觀眾席上走動，結果就被界外球砸了個正著，就只是這樣！我沒有保護妳！

真～～的是抱歉！

「所以只要有我就夠了！跟花灑在一起的，有我一個就夠了！不需要其他人來跟花灑要好！不管是小桑、葵花、Cosmos 會長，還是三色院同學，你們一個個最好都給我消失！呼～～……！呼～～……！」

翌檜喊完後，劇烈地上下擺動肩膀，喘著大氣。

不管看在誰眼裡，都看得出她顯然情緒亢奮。

「翌檜同學，這是辦不到的。」

「才不會！只要大家……」

「就是會！」

Cosmos 打斷翌檜的話，強而有力地說了：

「不管妳做什麼，都不可能隨心所欲地操縱別人的心意。既然妳和花灑同學不是同一個人，你們之間就一定會發生意見不合的地方。真要說起來，妳想跟只會言聽計從的花灑同學

在一起嗎？妳想綁死他，把他當傀儡似的操縱嗎？」

「不、不是！我才沒想這種事！」

「這就是說，妳要給花灑同學自由吧？在這個時間點不就已經不可能一切都順妳的意思了嗎？」

「啊、啊嗚……」

「戀愛這種事情真的很難，可說是答案會隨出題者改變的最佳範例。我自己也曾有過這樣的經驗，拖著別人奉陪我的任性，給他添了很多很多麻煩，最後還是以白費工夫收場。」

這應該是指之前的……那件事吧。從 Cosmos 苦澀而寂寞的表情，我立刻看出了這點。

「無論如何訴說，對方都不懂；無論如何祈求，都不會實現。努力一定會開花結果這句話，就戀愛而言根本是謊言。想來無疾而終的例子應該遠比成功的例子多吧。」

「……」

「可是我認為，也正因為這樣，開花結果時的喜悅才會那麼無以估量。」

Cosmos 靜靜地合上筆記本，露出一種既不是平常的正經笑容，也不是少女笑容的溫和笑容。這樣的她顯得好美，讓我不爭氣地怦然心跳起來。

「那麼翌檜同學，妳接下來打算怎麼做啊？」

「我、我要……」

聽 Cosmos 問起，翌檜一瞬間有所遲疑，但立刻揮開了遲疑。

接著，她以飽含眼淚的眼睛朝我直視過來。

「花灑……那個，雖然變成這樣的形式，可是我……呃，我真的很喜歡花灑！我有自信比誰都喜歡你！所以，所以！」

翌檜用力頓了頓，用灌注了決心的聲音說了：

「請讓我留在你身邊最近的地方！」

讓翌檜留在我身邊最近……這說穿了，就是要我當她是女友吧。

唔，說來非常奢侈。雖然翌檜說她的外表輸給葵花、Cosmos和Pansy，但仍然是個夠漂亮的女孩子，而且個性也不壞。

還像這樣鼓起勇氣把心意告訴我。她的心意真的令我感謝。

可是啊，翌檜……

「……想也知道我會拒絕吧。」

妳做了我絕對不會原諒的事情。

「怎、怎麼這樣……」

「不好意思啊，翌檜，我對妳沒有戀愛感情。還有，用這種說法不行吧？說什麼妳有自信比誰都喜歡我，這是怎麼比出來的？哪裡有這麼好用的儀器可以測量？」

看到翌檜瞪大眼睛、啞口無言的模樣，我產生了罪惡感。

我有自覺，知道自己在氣頭上說的話相當過分。可是，事後再來在意這些事情也還不遲。哪怕有多重的罪惡感，哪怕會把對方傷得多重……

「我能夠肯定的，就只有妳努力過的這個事實。」

既然要做就要做到底。這就是我的座右銘。

「只是，我不能肯定妳的做法。妳看看妳做了什麼好事？妳知不知道Cosmos會長為了湊齊花舞展的成員，費了多少工夫？要知道她連對學妹都一個個拚命低頭拜託啊。而這些都是妳造成的。」

「對、對不起……可、可是，我是因為花灑……！」

「囉唆。我一點也不重要！」

我還沒說到正題。我還沒把我最不能原諒的事說給她聽。

「妳這娘兒們，看看妳對小桑做了什麼好事。只有對小桑下手這件事，我絕對不會原諒。要知道小桑今年可是拚了命想打進甲子園啊。他可是為了我們，不惜縮減寶貴的練習時間，陪我們練習跳舞。可是妳卻對這樣的小桑……用餡餅對我的好朋友下了手。我告訴妳，要是這下害小桑出了什麼差錯，別以為我會白白放過妳……」

「咿！」

「所以妳搞清楚，我永永遠遠也不會留妳在身邊。我說完了。」

我衝動之下一口氣說了出來，翌檜的雙眼就溢出了大顆大顆的眼淚。

溢出的眼淚不知停止為何物，翌檜始終只哭個不停。

她想擦去眼淚，用手不斷揉搓眼睛，但眼淚仍然停不下來。翌檜一次又一次自己伸手去擦眼淚。

「……這樣啊。」

過了一會兒後，翌檜發出了死心的無力嗓音。

接著雙腳灌注力道，從折疊椅站起。

「Cosmos 會長，我會照妳的吩咐，寫報導澄清以前的那篇報導有誤，發給學生們。小桑那邊我也會好好去道歉。還有，花舞展的事給大家添了很多麻煩，非常對不起……」

「謝謝妳，翌檜同學。對我這邊，妳就不要放在心上了。」

翌檜嘴角發顫，勉強擠出笑容；Cosmos 平靜地回答。

「那我要趕快去編寫新的校刊，先走一步了！花灑，Cosmos 會長，失陪了！」

翌檜雙眼紅腫，朝我們一鞠躬，跑向學生會室出口。

接著在門前一度停下腳步。

「……我偉營啊（原來我不行啊）～」

最後用津輕腔說了一句不知道是什麼意思的話，就離開了學生會室。

「你真的是非常喜歡小桑啊。」

過了一會兒，Cosmos 一邊玩著手機一邊這麼說。

「我可沒想到你最不能原諒的不是自己被陷害，而是小桑的事。」

「那又怎樣？我就是希望小桑今年一定要打進甲子園。要知道……我是說畢竟，我從國中時代就一直支持他，也知道他一直很努力。」

我忍不住情緒激動，說話也變得沒大沒小，趕緊修正回敬語。

「呵呵呵，你就繼續那樣說話也沒關係的。」

但 Cosmos 似乎覺得無所謂，用平靜的笑容看著我。

「你們真的是一對好朋友呢。明明發生過那樣的事，卻彼此重視對方，為對方著想，有著堅定的情誼。這次的事，就讓我深深感受到這點。」

我很怕被人當面誇獎，所以不要說出感想好不好？

「這次的事，我深深感受到 Cosmos 是多麼可怕。妳剛剛提到翌檜的時候，真的有夠可怕的耶。」

「畢竟這次坐特等席的是我。因為不像上次坐的是普通席，是不是太賣力了點？」

「我聽不懂。」

「花灑同學對我還不夠了解呢。」

「因為我根本上就沒有努力想去了解。」

「你好冷漠。」

總覺得之前我好像也在別的地方跟別人有過這樣的對話……等等，現在不是講這些的時候了！

有關我的誤會，已經由 Cosmos 證明是翌檜暗中搞鬼的結果，也說服翌檜去發布澄清報導，所以已經沒事。但還有一個問題尚未解決。

那就是花舞展。

再這樣下去，會找不到最後一個參加的成員，整個花舞展也會泡湯。

「倒是花舞展，真的是要怎麼辦才好啊？既然翌檜不參加……」

「頂替小桑的人已經找到了……不，這個說法似乎不太對。因為從一開始，小桑就沒打算參加花舞展。」

「什麼？」

「我剛剛不是才說過嗎？說你們彼此都非常重視對方，為對方著想。」

Cosmos 唐突的發言讓我瞪大眼睛。她似乎很高興看到我這種反應，剽悍地笑了笑。

這是怎樣？小桑不是因為人數不足才以男兒身參加嗎？

妳卻說他從一開始就不打算參加，這是怎麼回事啊？

「你都不覺得奇怪嗎？花舞展本來就是由一個男生和三個女生跳舞的節目。就算再怎麼缺人，你覺得我會答應增加一個男生嗎？」

「可是小桑說，Cosmos 會長表示這樣『有嶄新的感覺，很好』……」
「原來如此。你又被小桑拿手的謊話給騙得一愣一愣啦。」
真的假的！那小桑為什麼要說這種謊？
「我就先把小桑對我說的內容轉告你吧。他對我說：『我絕對會說服「她」！我認為花灑絕對想跟「她」一起參加花舞展，所以希望能讓「她」加入陣容！』所以我回答他：『既然這樣，葵花同學跟我也會幫忙，我們一起努力吧。』畢竟你希望『她』參加花舞展的這點，我也是從一開始就知情。」
「『她』、『她』……？學姊到底在說什麼……？」
「就是這個。」
Cosmos 說著拿出來的，是一張投票用紙。
是用來寫希望哪個女生參加花舞展的紙。
上面用我的字跡寫著一位女學生的名字。是我親手寫的……投票用紙。
「這、這個為什麼會……學姊為什麼會看出這張投票用紙是我寫的？」
「你在學生會當過書記，你的字我當然絕不會忘記。你也不想想過去我看過多少你的字。這本來是匿名投票，所以這樣其實違反規定，但既然我注意到了，就不能視而不見。」
這樣啊？我雖然現在離職了，但終究是退任的學生會書記。
像是謄寫議事錄與資料，相信 Cosmos 多的是機會看到我的字。

「我、葵花同學，還有小桑，都一直想找機會對你表達歉意。因為以前我們幾個不約而同帶給你天大的麻煩。」

這件事不是已經過去了嗎……不要有事沒事就一直放在心上好不好……

「我們可辛苦了。一會兒要在放學後你出現之前，拜託她參加跳舞；一會兒又要趁你去便利商店買雨傘的時候，幫她挑好跳舞時穿的禮服。可是，既然能讓你這樣嚇一跳，這驚喜作戰大概算是大功告成吧？」

所以我去便利商店的時候，小桑才會說吃壞肚子，把自己關在廁所整整三十分鐘啊！

「小桑從一開始到最後，一直都是為了你而行動。為了不讓其他學生知道她要參加花舞展，不惜縮減自己寶貴的社團活動時間，甚至假裝身體不舒服，就為了讓她參加。這一切都是為了你。」

這實在太令人震驚，我只能啞口無言。小桑，你竟然為了我，這麼犧牲……

「我剛才也聯絡過，我想葵花同學應該差不多已經把她帶來了吧？」

「也、也就是說……要一起跳舞的最後一位成員就是……」

「想也知道當然是我吧。」

我還沒說完，學生會室的門就打開，這個人出現了。

不是平常的辮子眼鏡裝，是解開辮子，拿下眼鏡，解下纏胸布的模樣。

她身上穿的禮服，就是當時看得格外熱衷的那件有點和風味道的禮服。

她穿起來真的很好看，美得令我幾乎忍不住要當場抱住她。

「怎麼樣？如果你願意說好看，我會很開心。」

她的名字是——

「Pansy……」

「真是的。虧人家還希望你誇一句好看呢，你真壞心。」

Pansy 看到我啞口無言的模樣，嘻嘻一笑。就說我太震驚，哪有心情誇獎。

「呀喝，花灑！你看你看，Pansy 有夠漂亮的吧？」

而且連葵花也在一旁。她開心地笑咪咪，顯得有點自豪。

「Cosmos 學姊！花灑嚇到了！作戰大功告成了吧！」

「是啊。雖然發生了一些意料之外的事態，但大致算是按照計畫進行呢，葵花同學。」

葵花與 Cosmos 和樂融融地擊掌，徹底對看得啞口無言的我置之不理。

「妳、妳們幾個……是從什麼時候開始……」

「從一開始。」

「啥！」

「只是我一開始也很抗拒喔。我不知道說過多少次，說我不想出現在花舞展這種顯眼的場合。可是，他們三位就是纏著我不放。所以嚴格說來，大概是從開始在放學後來圖書室練習之前不久吧。」

就是我晚了一會兒才跟翌檜到圖書室的那次嗎！我本來有點好奇他們在談什麼，沒想到Pansy竟然就是在那次決定要參加跳舞……

「都是Pansy一直不肯答應嘛！說服她真的好辛苦喔！」

「畢竟我也準備了很多種說服的說法，但全都不管用啊。真的非常辛苦呢。」

「可是，最後由小桑強而有力地請求，Pansy答應會參加，所以我真的好高興耶！」

「他真的好厲害。坦白說，連我也沒料到他竟然會那麼強而有力地下跪磕頭說：『為了花灑，拜託妳！』就連Pansy同學也被他搞得不知所措了呢。」

小桑，你搞什麼鬼？你不是還喜歡Pansy嗎？

我又沒拜託你這樣……

「如果只是缺人，我不會參加。可是，大家為了花灑而行動，我又怎麼能獨自袖手旁觀？所以我不是好好和你一起練習了嗎？」

這該不會是指我們練到百花祭兩天前的……

「該不會你們之所以直到最近都不來練習，就是為了……」

「當然是為了讓你找Pansy同學練習跳舞啦。我一直相信憑花灑同學的個性，要是找不到人練習，就會去找Pansy同學練習。我們自己當然也有做自主練習。」

Cosmos俐落地眨了眨一隻眼睛，很乾脆地承認了我提的問題。

上當了……我完全上當了。真沒想到從一開始就全都是他們安排好的……

不對，既然這樣，就先跟我說一聲嘛！

尤其是Pansy，妳不是說不會對我說謊嗎！

「我都有告訴你啊，『我們就趁現在多練練，到時候用高竿的舞步嚇大家一跳吧。』」

嚇我一跳幹嘛！在大家嚇一跳之前，我自己就差點先被嚇死啦！

要說就說得更能確實讓我聽懂！只講那種台詞誰會懂！

「花、花灑！真的很對不起喔！我給你添了好多好多麻煩！那個，所以，呃……」

葵花吞吞吐吐，視線左右來去，講出這樣的話來，讓我忍不住覺得好笑起來。這女的真的是有夠好懂的。

「就說沒關係了，妳就別再放在心上啦。那件事大家半斤八兩。」

「……嗯！」

『那麼，花舞展的時間就要到了！各位來賓，請到體育館集合！』

「喔，山田也在叫我們了，差不多該過去了。之後只要我們好好跳完舞，花舞展就大功告成了。大家準備好了嗎？」

「好了～～！」「沒問題。」「好好好。」

於是我們就在 Cosmos 的催促下，走出學生會室，前往體育館。

＊

「嗚～～！好緊張喔～～！」

體育館舞台的後台，身穿黃色禮服的葵花全身頻頻發抖。

「花灑同學，我再跟你確認一次，伴舞的順序是葵花同學、我、Pansy 同學，知道了嗎？不管出什麼差錯都不能弄錯喔。」

Cosmos 身穿粉紅色的禮服。本以為她很冷靜，但似乎倒也未必。

最後那句話根本莫名其妙。

「花灑同學，這件髮飾如何？真希望你會說好看呢。」

Pansy 小碎步挪到我身旁，朝我秀出髮飾。

老實說，她戴起來非常好看。

可是，我總覺得不想誇她，所以還是隨口敷衍吧。

「喔～～？挺漂亮的嘛。」

「……你好壞心。」

哪怕她一臉不高興，我才不管。而且我明明遵守約定，妳都不給我看，但葵花他們一說，妳就讓他們看到這模樣，妳腦袋的構造果然有毛病。

「各位都完全準備好了吧！喔！花灑，你挺上相的嘛！」

我們正在後台緊張，穿著制服的小桑就面帶笑容跑來。

從他這樣子看來，說吃壞肚子似乎也是騙我的。

「小桑，你可真敢……」

即使我怨懟地看著他，他也絲毫不改臉上的笑容。

反而像是火上添油，他的笑容更加熱血到令人受不了。

「哈哈哈！花灑你也有點常識好不好？匿名送來的紫色餡餅這種鬼東西，我怎麼可能會吃啦！」

話是這麼說沒錯啦！但我就是想到你說不定真的會幹出這種事情啊！

「而且我一開始不就說了嗎？說我『有事情要做』。這就是其中之一！」

的確，以前我問小桑對 Pansy 怎麼想時，他就這麼回答。

可是啊，我萬萬沒想到這「要做的事」，竟然會是拉 Pansy 參加花舞展……不對，應該不是這樣。

想這種事情是很令人難為情，但我已經知道了。

小桑所說的「該做的事」，應該就是「讓我開心」吧。

「那我們走吧，花灑同學。」

Pansy 來到我身邊，伸出右手，要我去抓她的手。

她的動作優美得如詩如畫，然而……

「呃，妳這麼賣力，講這個實在不好意思，可是……我不會抓住妳的手。」

「這是為什麼呢？」

Pansy 對於我不抓她的手這件事顯得納悶。她的眼神中有著若干的不高興。

「呃，妳要知道……」

美女不開心的眼神讓我用力搔著後腦杓，露出不知所措的表情。

也還好啦，這也不會惹她不高興，就趕快告訴她吧。

「妳是最後一個才會輪到吧？」

「……我、我都忘了……」

Pansy 讓沒了東西可抓的手忸怩了一會兒，微微紅了臉撇開臉去。

她都不會表現在臉上，所以不太好懂，但從舉止就能清清楚楚看出她在害臊。

而我們講完這幾句話，就聽見厚重的音樂聲迴盪在體育館內，花舞展開始了。

＊

『那麼，第一百二十四屆百花祭第一天的重頭戲——花舞展，正式開始！』

體育館籠罩在黑暗中。

我和葵花在伸手不見五指的體育館內，小心翼翼地上了舞台，站在正中央。

「就快要開始了耶。」

「好想趕快看到 Cosmos 會長和葵花學姊穿禮服的模樣喔。」

「不知道今年的男生會和哪一個交往耶。竟然能和 Cosmos 會長或葵花交往，也太令人羨慕啦……」

雖然因為太暗而看不見，但聽觀眾席傳來的交頭接耳聲，就聽得出觀眾人數相當多。這下可不能搞砸了啊……

我小小下定決心，接著燈光將舞台照得十分明亮，我們的舞蹈就此開始。

「好～～！來吧，花灑！」

最先播放的曲子，是蕭邦的《小狗圓舞曲》。

葵花隨著曲子，天真無邪地嬉戲起來。

「喂、喂……不要那麼粗魯！我會……」

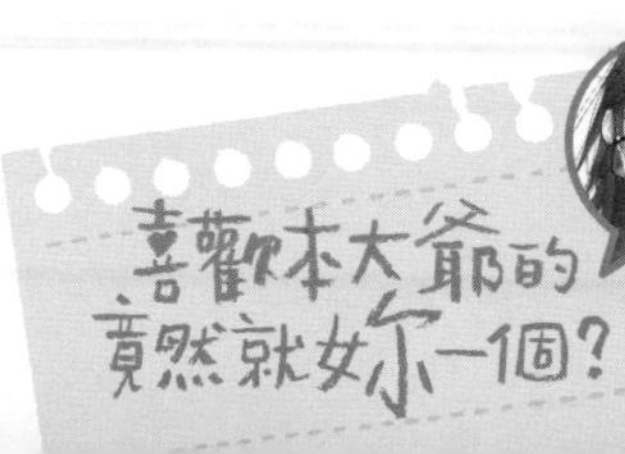

「啊哈哈哈！我聽不見～～！」

我本來就覺得跟她跳舞多半最辛苦，果然不出所料。

她把小小的身體內蘊含的力量全部解放出來，讓我都搞不太清楚我是在跳舞還是在被她甩來甩去。

「花灑、花灑。」

「幹嘛啦？」

舞蹈的音樂與學生們的喝采聲迴盪不已的體育館舞台上，葵花用只有我聽得見的音量小聲對我問起：

「花灑現在……有喜歡的女生嗎？」

「沒有吧。」

我對這個問題回答得毫不遲疑。如果只看外表，是有個正中我好球帶的女生就在後台待命，但若要問到我對她有沒有戀愛感情，答案是沒有。

像這次，最終她就騙了我。生氣的感覺微微占了上風。

「這樣啊！」

葵花開懷地一笑，抓住我手的力道微微加強。

奇怪了？這該不會是要……

「這麼說來，就跟我一樣嘍！」

等等，是這種方向喔！

這種時候應該要說「這麼說來，我也有機會嘍」才對吧！

我還忍不住小小期待了一下，把我的純情還給我……！不，是我太笨，才會有期待……

「嘿！呀！喝！」

就跳舞的喊聲來說，這樣對嗎？

不過算了啦……既然葵花顯得很開心，學生們也看得很痛快，那就好了。

「嘿咻！」

最後俐落擺出收尾動作的同時，曲子也播完了。

同時一陣熱烈的掌聲籠罩住我們，體育館的燈光也在這時關閉。

接著，等燈光再度打開，站在那兒的已經不是葵花，而是 Cosmos。

「那麼，我們加油吧。」

「好的。」

接下來播放的曲子，是同樣由蕭邦所寫的《幻想即興曲》。

Cosmos 跟葵花不一樣，動作不粗暴，所以比剛才輕鬆多了。

「花灑同學，如何？我可是很自負，認為這就是合你胃口的禮服呢。」

胸口微微敞開，是一件和 Cosmos 的容貌很搭調的成熟禮服。

然而，顏色是淡淡的粉紅色，大概是因為她終究無法完全丟下少女心吧。

「是還不賴。」

「那太好了，不枉我請葵花同學挑選。順便告訴你，葵花同學的禮服是我選的喔。」

原來如此。葵花愛選成熟的禮服，Cosmos 愛選孩子氣的禮服。

既然如此，只要互相幫彼此挑選禮服，也就可以選出合適的款式了吧。這想法很聰明。

「對了，打電話給你時的我，感覺怎麼樣？我一緊張地演戲，語氣就會變得有點怪，所以我一直很擔心。」

「說得也是。不過也還好，我就是被騙了。」

說到這個我才想到，她一緊張地演戲，就會變成武士口氣啊。

這也就是說，當時那通電話裡，她之所以變成武士口氣，就是因為在緊張，在演戲？

啊啊，這樣一想就覺得很不甘心啊。要是在那個時候有好好察覺到異狀……

「……」

……不知道翌檜要不要緊。今後她跟我之間的關係會變得尷尬，這我是覺得也沒辦法，但這次的事會不會讓她和其他人之間的關係也變得尷尬……我真有點擔心。

「如果你是擔心翌檜同學，就儘管放心吧。」

「請問這話怎麼說？」

「她的祕密，只有我和你，還有小桑知道。因為考慮到今後，最好還是不要讓其他人……

尤其是同班的葵花同學知道。」
她大概是從我愁眉不展的表情猜到我是在擔心翌檜。
Cosmos 以溫和的笑容這麼說：
「小桑他也說過不會對翌檜生氣，不用擔心的。」
「……真的是從頭到尾都多虧學姊關照了。」
「該道謝的人是我。多虧了你，花舞展才能順利進行。Pansy 同學也是因為你參加，她才肯參加的。」
「既然這樣，我可以要求獎賞嗎？」
「哎呀，看來你可找回平常的步調啦。既然這樣，這個問題雖然困難，但我當然要試著努力解答看看了。」
我想想。那再提升一點緊貼率，提升胸部濃度，這招如何？
啊，還是算了，她又會叫我跪下。
……接下來好一陣子，Cosmos 一直邊思考邊跳舞。
「……也對，雖然我對這是不是正確答案沒有把握，但總之就讓我回答看看吧。」
當曲子來到尾聲，Cosmos 似乎想到了什麼主意，露出平靜的笑容。
「考慮到今後的事，實在有點五味雜陳，但既然是對比蛋包飯更讓我有好感的你，要做出這點事情還不至於辦不到，我就試著乖乖聽從自己現在的心意行動看看吧。」

比較對象還是一樣很奇怪，我可以打一通客訴電話嗎？

「學姊打算怎麼做？」

「我打算這麼做。」

最後擺出收尾姿勢。和先前一樣，掌聲響起，體育館的燈光關掉。

「唔喔！」

一瞬間，我的身體被 Cosmos 用力拉了過去。

「妳、妳做什……！」

就在這個時候，有東西碰上我的臉頰。

軟綿綿又柔嫩，是以前我曾經嘗過唯一一次的感覺。

呃，雖然現在太黑，我也搞不太清楚，可是……這個，錯不了吧？Cosmos 她對我！

「那、那個……我的解答是幾分……可、可以請你告訴我嗎？」

「是、是一百分滿分……」

「太好了……那、那我就先失陪了！」

黑暗之中，隨著最後聽見的這幾句話，摸到 Cosmos 手的感覺也漸漸消失。但留在臉頰上的甜蜜感覺，根本沒有要消失的跡象啊……

這獎賞好猛啊……得小心別讓 Pansy 知道。

好了，終於要到最後一個了。等下一個女的跟我跳完，花舞展就順利結束。

而這個人是誰，Cosmos 似乎保密做得非常徹底。

聽說在申請花舞展成員時，她就把「因為當事人希望不要透露名字」這個理由告訴老師，就這麼通關了。不愧是學生會長大人。

我正埋頭想著這樣的念頭，雙手就傳來一種被人以生硬的動作抓住的感覺。

……終於來啦？對我來說外表非常理想的女人來了。

不知道其他學生看到她會怎麼想。也許反應意外地會很冷靜？

黑暗中聽見的說話聲都是些「最後是兩個男的跳舞，實在不太對吧」、「聽說小桑身體不舒服所以不參加，會換別人上場」、「要接在她們兩個之後跳，令人同情……」。聽得出大家顯然完全沒料到接下來會出現的人物是誰。好了，就看觀眾會有什麼反應吧？

我有點雀躍地等著，接著體育館的燈光再度亮起，接著歡聲雷動。

「哇！歡呼聲好大。」

「非常熱鬧呢。」

根本沒有哪個人做出冷靜的反應，一個個都吃驚得不得了。

「喂！那個學生是幾年幾班的？我可從沒看過那麼漂亮的美女！」

「我、我哪知道！可、可是她好漂亮……我第一次看到這麼漂亮的人。」

「比 Cosmos 會長，比葵花學姊……都更漂亮也說不定。」

「喂～～！我是三年一班的砂田！請務必告訴我妳叫什麼名字！」

觀眾們的喊聲讓我的心情愈來愈昂揚。

沒錯。Pansy 果然是個大美女。

怎麼樣，你們看到了吧！我接下來就要跟這麼漂亮的美女跳舞！羨慕吧！哼哈哈哈哈！

「我們加油吧，花灑同學。」

真虧這女的在這種歡呼下還能這麼冷靜……嗯？不對啊。

Pansy 這娘兒們，雖然不表現在臉上，卻給我緊張得很，手給我連連發抖。

這種時候，一旦在意起旁人就輸了。但要讓現在的 Pansy 明白這點，需要花上相當多的勞力。

……也罷，就試試看吧。

「Pansy，別擔心。這種時候，一旦在意起旁人就輸了。可是啊，就這一點來說，妳不是完全沒有問題嗎？」

「……這是什麼意思呢？」

Pansy 眨了眨她漂亮的眼睛，丟出一個疑問。

所以我剽悍地笑了笑，說出了回答……說出那個時候 Pansy 說的話。

「妳不是只顧著看我，看不見旁人嗎？」

「……也對……你說得對。」

Pansy 似乎確實把我的話聽了進去，露出優美的笑容。

接著，多半是緊張漸漸淡去，她抓住我手的力道變強，顫抖消失了。

「那麼，在跳舞之前，我就先讓自己變得比平常更只顧著看花灑同學吧。」

「隨妳高興吧。」

最後播放的曲子，是蕭邦的《華麗大圓舞曲》。

實實在在是一首非常適合為花舞展收尾的名曲。

「花灑同學，我啊，有一個問題想問你。」

在觀眾歡呼聲與名曲樂聲迴盪的舞台上，Pansy 對我開了口。

「什麼問題啦？」

該不會是用她拿手的超能力讀出了剛剛 Cosmos 做的事？

如果是這樣，也許多少是該做出覺悟了。

「為什麼自從我去了你家那一天之後，你就為了我好而做出種種行動？」

……糟糕。看來被她知道的事情是比 Cosmos 剛剛的舉動更讓我不想被她知道的事。

「我、我可不記得曾經為了妳好而行動……」

「你對我說謊，怎麼可能管用？」

「嗚！」

咿咿咿咿！既然這樣，妳就應該讀出我不想被妳問這個啊！給我閉嘴！

「起因是那天回家路上我說的話，對吧？」

啊啊，看這樣子，她是不打算閉嘴了。是打算赤裸裸地把事情暴露出來了。

「『朋友還是多一些比較好，而且這樣又能創造出開心的回憶。』」

Pansy 就像要加深我的絕望，淡淡地複誦那天回家路上她所說的台詞。

「你喔……那句話是我為了你而說的耶，才不是為了我自己說的。」

「妳明明就說過那是妳的經驗之談……」

「是啊，是我的經驗之談讓我說出這句話。而你就把這句話當真，為了我好，才設法讓我交到朋友，是吧？」

該死。她什麼都不說，我還以為沒被拆穿呢……

「開端是期中考的讀書會。妳把日向同學跟大賀同學叫去那兒，還設法讓我也去教他們功課。雖然你說這是因為你自己想輕鬆點，但你另有一個目的。那就是讓我跟他們兩位交好，對吧？所以那個時候，我明明有告訴你『你打的如意算盤再明顯不過了』，你卻根本沒發現我在說什麼。看來你對我的了解果然還差得遠呢。」

不要給我嘻嘻一笑。被現在的妳這樣一弄，我真的會心動，所以別這樣！

「接著是午休時間的圖書室。你說要開作戰會議，就找了日向同學和秋野學姊，還說反正機會難得，連大賀同學都找來了。你也許以為自己就這樣不著痕跡地讓午休時間順理成章變成了大家聚集的時間，但其實可不自然到了極點喔。」

啊啊，這女的，真的一點也不留情。虧我還覺得挺自然的呢……

「最後是花舞展的練習地點。這再怎麼說都太過火嘍？就是在那個時候，日向同學、秋野學姊還有大賀同學都察覺到了。察覺到是花灑同學想讓我跟大家交好。」

好的，全都被講出來了！而且聽她說連葵花他們也都看出來了。

真的假的……有那麼明顯嗎？虧我還覺得不會呢……

「所以，我再問你一次。花灑同學。」

Pansy 用水晶般的眼睛盯著我看，就這麼淡淡地只動著嘴問起：

「為什麼自從我去了你家那一天之後，你就為了我好而做出種種行動？」

「……還不是因為妳老是只跟我在一起嗎？」

「那還用說？我那麼喜歡你耶。」

「那也一樣，妳的情形已經超過該有的分寸。每次每次都這樣，不管午休時間還是放學後，都只想跟我待在一起。我就是因為覺得妳也差不多該和其他人說話才這麼做的。」

「花灑同學，你沒回答到我的問題。我想知道的，是你做出這種行動的理由，不是你覺得我最好有朋友的理由。」

「嗚！妳真的是喔……」

「好嘛，我求求你。告訴我……花灑同學。」

Pansy 用力握住我的手，發出撒嬌般的聲音。

在這種狀態下用這招也太小家子氣了！如果是平常綁辮子戴眼鏡的模樣，我明明可以輕鬆一口回絕！

「是、是因為對妳……很感謝……」

「這是什麼意思呢？」

「自己讀我的心。」

「我不要。我要聽你親口說。」

唔唔唔唔唔！這個超級波霸美女混漲女人！這豈不是太可愛了嗎！

我不管了。既然這樣，我要自暴自棄了。

「就算我很難受，也不管多麼被討厭，妳都絕對會試著多跟我來往。所以，我不是孤獨的，不管什麼時候都絕對有妳在。就是因為我對這件事覺得感謝，那個，怎麼說，才想答謝妳啦！我想說高中時代很難得，還是多交些朋友，好好享受，才比較好……可是啊，只有這點妳可別忘了，那就是我還挺討厭妳的。」

告訴妳，已經沒有啦！我再也沒有什麼話可以說啦！

「……你好厲害耶。」

「什麼東西厲害？」

「我啊，對你已經喜歡得幾乎不能再喜歡。可是，聽了你剛剛這番話，我又比以前更加喜歡你好多好多。所以，我才說你好厲害。」

可以若無其事講出這種台詞的妳，遠比我厲害多啦。

「所以，為了答謝你告訴我這麼多事情，我也告訴你一件很重要的事。」

「不了，用不著。」

「我就把Pansy的西洋花語告訴你。反正你這個腦殘一定不知道吧？」

又來了？Pansy的任性模式，即使換了外表也一樣全速運轉中。

甚至還不忘順便噴毒。真是令人火大得不得了。

「你要好好聽，因為要告訴你還真有點難為情。」

曲子來到尾聲，Pansy不只是手，整個身體都緊緊貼了上來，甜美地微笑。

啊，這個好猛……胸部的感覺好強大。啊啊……我頭有點暈了。

「黃色的Pansy是『記憶』，我們以後也要繼續創造很多美妙的回憶。」

「我過去可幾乎從來沒有過美妙的回憶耶。」

我小聲抱怨，卻被她當作沒聽見。Pansy全不放在心上，繼續說下去：

「白色的Pansy是『愛的心意』。我對你的心意，始終都用行動表現出來。」

「只是表現出來的結果給我添了天大的麻煩。」

「紫色的Pansy是……」

她自己大概沒發現吧……從剛才她的臉就變得愈來愈紅啊。

不過說了也是白說，就乖乖聽她說話吧。畢竟舞也差不多要跳完了。

「是『我滿腦子都想著你』。」

就這樣，我們擺出舞蹈的收尾姿勢，等音樂一停，熱烈的掌聲就籠罩住體育館。看到這個情形，我有了確信。

今年的花舞展非常成功。雖然有過很多辛苦的事，但總算是得以順利結束。

以對我而言極為接近理想的方式結束……

我正達觀地這麼想，布幕就漸漸垂下，讓我們再也看不見觀眾席。

「從花舞展的傳說『被選上參加花舞展的男生，一定會和被選上的三名女生之中的一個修成正果』來考量，也許明天，我們就會結婚了。」

「不巧的是，聽說那個傳說只有今年不會套用上來。」

「你的這個答案，讓我一半寂寞一半放心。」

還是一樣正向思考全開喔？這女的實在很難搞。

「花灑！你這可幹得漂亮啊！」

「哇！小、小桑！」

我正恍神，小桑就從後台跑上來，把手搭到我肩膀上。

「Pansy，妳好漂亮喔！我啊，看著妳都心動了耶！」

「謝謝妳，Pansy 同學！花舞展非常成功呢！」

Cosmos 與葵花跑來 Pansy 身邊，露出充滿成就感的表情。

葵花更是彷彿想立刻撲上去抱住 Pansy。

「那麼，最後可以讓我說幾句話嗎？我尤其想把這些話說給『你』聽。」

Pansy 說話的同時，注視著一個人物。

他看的不是 Cosmos 也不是葵花，而是手搭在我肩膀上的男生……小桑。

「呃……三色院同學，妳怎麼啦？」

「Pansy，怎麼了？」

「有什麼在意的事情嗎，Pansy 同學？」

Pansy 突如其來的行動，讓他們三人很有默契地一起歪了歪頭。

順便說一下，我也完全不明白她這個行動的含意。她打算做什麼？

「多虧了你們，我才能和花灑一起創造美妙的回憶。謝謝你們……『葵花』、『Cosmos 學姊』、『小桑』。」

喂喂，真的假的？Pansy 竟然用綽號叫了他們耶……

他們三個都嚇了一跳啊，眼睛都瞪得老大。

不過，也難怪啊……Pansy 本來一直用姓氏稱呼他們。

她用綽號叫的人只有我。

可是，現在她把他們三人也加進去，應該就表示對她而言，他們幾個也是應該要用綽號稱呼的人……也就是朋友了吧。

「嘻嘻嘻！嗯！妳有了開心的回憶耶！Pansy！」

葵花帶著比平常多了五成的笑容，蹦蹦跳跳地嬉鬧。

「以後我們也要好好相處嘍！Pansy 同學！」

Cosmos 用力握住 Pansy 的雙手，很少女地害羞了。

「嘿……嘿嘿嘿！那太好啦！花舞展，簡直完美啊！『Pansy』！」

最後小桑眼眶含淚，朝 Pansy 伸出豎起大拇指的拳頭。

太好啦，小桑。畢竟一直都只有你一個用姓氏稱呼 Pansy 啊。

現在總算能用綽號喊她，也讓她用綽號喊你，想也知道你有多高興。

我們談完這幾句話，舞台的燈光就關掉。我們趁沒有燈光時退到了後台。

就這樣，對我而言在各方面都留下了回憶的百花祭，宣告結束。

終章

本大爺早見過妳了？

「為什麼會變成我的錯？」

百花祭結束後，隔週的星期二早晨。

我正和小桑閒聊，教室內就迴盪起一個尖銳的女生嗓音。

在那兒進行的是女生之間的妖精打架。是以前拿自己的正義來壓迫我的紅人群當中的一個，被其他成員用冰冷的目光看著。

「可是，起因不就是妳說了『花灑太囂張，看了就火大』嗎？」

「就是說啊～我們之前又沒有那麼誇張～」

啊啊，原來如此啊～這應該就是那麼回事。是紅人群特有的「代罪羔羊」作戰。

這次的謠言，讓她們徹底地攻擊我。

然而在百花祭的第二天，卻證明了她們的這種行為是錯的。

各位要問那情形會怎樣？再這樣下去，她們在班上的立場全都會變差。

所以紅人群為了避免這種情形，就會創造出「壞人」。

推說我們不壞，壞的是帶領我們的這女人。

然後這次被選為「壞人」的……就是第一個對我有意見的A子同學是吧？

「妳、妳們幾個……」

Ａ子同學氣得嘴唇發抖，眼神中卻透出恐懼。
相信她是想像到自己將會被逐出紅人群，變得沒有朋友的情形，才會這麼害怕吧。
「小桑，我去一下。」
「好啊！我就知道花灑會這麼說！」
真是的，我可是已經決定以後不當無奈被牽著走ＢＯＹ了，但現在就來當最後一次吧。
真的是，太無奈了……
「呃，可以打擾一下嗎？」
我站起來，闖進紅人群當中，結果裡面每個人都嚇得全身一震。
「啊！花灑，對不起喔！我們對你做了很多很過分的事！我們真的在反省！」
「真的，很對不起！我們太過火了對吧！不會再有下次了！」
「我們看過這個了！對不起喔，我們弄錯了！所以……希望你……原諒我們耶……」
紅人群當中的一個人說話之餘，把一張報紙遞給我。
上面刊登了一篇標題寫著「校刊社社員的誤報！虛假謠言的真相」，內容提到先前關於我的謠言全都是誤會。不過我自己其實也已經看過這篇報導了啦……
「好，沒關係。別放在心上。還有啊……」
我對紅人群的謝罪用和善的態度回答後，把臉轉向絕望的Ａ子同學。
「怎、怎樣啦……？」

A子同學被我盯著看，露出想哭的表情。妳可要好好忍住眼淚喔。

因為要是妳的妝掉了，教室裡就會誕生一隻妖怪。

「我也不小心做了會讓人誤會的行動，給妳添了麻煩，所以想跟妳道歉。」

「咦？」

「而且我覺得妳好厲害。大家不太敢說的話，妳卻能秉持勇氣說出來。這種事情我就絕對辦不到。」

看我用密技「大家」系列回敬！這樣一來，A子同學在紅人群內，應該就不會失去立場了吧。

「謝、謝謝你……可、可是，對不起喔！都怪我有奇怪的誤會……」

「沒關係啦。我剛才也說過，要是我自己什麼奇怪的事都不做，就不會有事了。」

「……花灑。」

感激的話語與眼神。A子同學和其他紅人全都用閃亮的視線看向我。

「要是我又做了什麼奇怪的事情，麻煩跟我說一聲。我會避免給大家添麻煩的。」

乍看之下我做出了帥氣的行動，但坦白說內心可嚇得要命。

要知道，不管發生什麼事，這群紅人在班上可是有著非常強的影響力。

我再也不想跟這幾個女的起爭執。

所以，只要有一丁點可能變成火種的東西，我全都要澆熄！

畢竟這世上，對的人有時候就是得跟錯的人道歉。

識時務者為俊傑。我期盼的是和平的人生，因此我澆熄了與紅人群之間的火種，就只是這樣。哎呀，這樣一來就不會又有新的攻擊針對我，真的是太好了……

那麼，就趕快回座位去吧。跟這幾個人在一起，實在挺恐怖的。

「久等啦，小桑。」

「喔！我完全沒在等，你別放在心上！你剛才可帥氣啦！真不愧是我的好朋友！」

呼。其實是因為有小桑在，我盤算著要是出事就要請他救我。這件事打死我，我也說不出口啊……不過，既然好好解決了，那當然……

「你要帥可要得真漂亮啊！花灑！」

結果這時，背後傳來一個活潑的女生嗓音。她順勢繞到我正面來。

「早安！花灑、小桑！」

「早安啊！翌檜！」

「喔、喔……早啊……翌檜。」

我作夢也沒想到翌檜會主動找我打招呼，所以忍不住窘迫起來。這，我該說什麼才好？

「花灑，請你不要露出這麼為難的表情好不好！那個……就是呢，已經確定我寫的報導大家都看了，所以大家對你的誤會都成功解開了。還有……給你們兩位添了很多麻煩，非常對不起！」

翌檜從笑容切換成正經的表情，對我和小桑深深一鞠躬。

她應該是真的在反省吧，從動作中就能明顯感受到。

「嘿嘿嘿！別放在心上啦，翌檜！因為我也不太有資格說別人啊！」

「我也贊成小桑的意見。每個人都有搞砸的時候，妳就別放在心上了。」

「……兩位願意這麼說，是我萬幸。」

翌檜聲音顫抖，伸手去抹眼角。嗯，那件事已經全部結束了，就既往不咎吧。

「既然這樣，就算永永遠遠都無望，我大概也還能努力一陣子！」

「……咦？喂，翌檜，妳這話是……」

「還有，我要再送上一個大新聞！聽說從今天起，有一個轉學生會來到我們班上！」

翌檜眼睛微微充血泛紅，就像要強調她不打算回答我的問題似的，面帶笑容這麼一說打斷我的話後，就甩動馬尾跑掉了。

啊、啊啊……嗯，剛剛那個，就讓我保留吧。

我實在沒有力氣再承受更多衝擊了。

「你們幾個~~回座位坐好！」

班會開始的同時，我們班導師用一如往常的那種有點慵懶的聲音一喊，拉開教室的門。

身後有著一名女學生，應該就是翌檜說的轉學生吧。

她有一頭劉海俐落剪平的直髮，眼睛有點圓。沒有胸部實在有點可惜啊，扁的程度和某個綁著纏胸布的圖書委員同級。

可是，如果只看臉蛋，肯定是全校頂級的水準。

這下 Cosmos 和葵花兩大派系可要動搖啦……

「呃，可能已經有人知道，這位是從今天起就要轉到我們班的轉學生洋木同學。洋木同學，可以請妳自我介紹一下嗎？」

喔，這麼快就要進入自我介紹時間啦？既然這樣，這種時候我就要有路人該有的樣子，做好準備問出「妳喜歡哪一類型的男生？」這種常見的問題……嗯？怎麼洋木同學往我這邊來啦？

她一直盯著我看……露出笑容了。非常可愛得上佳。

「……好久不見了，如月雨露同學。」

唔。總算來到這一步啦。那麼，就來為我們的恩怨劃下休止符……等等，不對啦！

我不由得跟著演了起來，但這樣不對！異世界大戰扁不會開始！

「呃……好久不見？」

我先這麼回了再說，但我實在想不起這個女生是誰……

「你該不會忘了我吧？好過分啊，虧我對你記得這麼清楚。」

好猛！第一人稱用中性的！我第一次看到用中性第一人稱的女生！

而且她聽了我的話，還嘻嘻笑了笑，似乎沒生氣。太好了太好了。

「一個無條件對你好，願意一輩子對你全心付出的女人。雖然個性凶了點，但這點還希望你將就將就。以後就請多多指教嘍。」

奇怪？這幾句話，我總覺得在哪兒聽過……

是誰說的來著了？呃……就是我啊！

是下雨那一天，我看到老媽的真面目前發牢騷說的話！

「為、為什麼……妳會知道這幾句話？」

轉學生突如其來的爆炸性發言，讓班上同學、老師以及我都啞口無言。洋木同學就在這當下，輕輕抓住我的手，把自己的嘴脣往我手背上一印……等等，喂～

「以後我會誠心誠意為你盡心盡力。請多指教嘍。」

——一年前，七月。

幾乎要把一切都烤焦的太陽，把夏天該有的強烈陽光照在衝出球場的我身上。

即使是體力多得無處發洩的高中一年級男生也很難熬。

「首先得找到才行……但願在這附近會有啊……」

我忽然想起今天棒球校隊進行的地區大賽決賽，一句話脫口而出。

在最後關頭……九局下半，我們高中被反超，打輸了。

這個事實相當令人難以接受，但我不能只顧著沮喪。

「小桑，你等著。」

我喃喃叫出自己好友的名字，拚命尋找某一種店家。

那就是賣「炸肉串」的店家。

今天的球賽打輸，流下眼淚的隊員們當中，只有棒球隊的王牌球員小桑一個人一直面帶笑容，安慰大家。但那只是強顏歡笑。

其實眾人當中最不甘心、最沮喪的就是小桑。

比任何人都更想打進甲子園的就是小桑，這我非常清楚。

為他加油打氣的這個工作，除了我這個好朋友以外，不做第二人想。

所以我打算用笑容迎接小桑，還要帶上他最愛吃的炸肉串。

我就是為此而來尋找炸肉串店，但也許球場周圍實在不太會有這種店。

「這邊沒有啊。那就……啊！」

我四處張望……有了，找到了。

離我現在所站的位置有一小段距離，那兒擺著一個攤子。

上面寫著「陽光炸肉串店」。錯不了，那邊有賣炸肉串！

「不好意思！給我……」

啊，不行不行。大爺我這種個性，得盡可能藏到底。

無論任何時候，說話都要像個遲鈍純情ＢＯＹ。得切換成斯文的我才行。

「請問可以把這攤子的炸肉串全都賣給我嗎？」

我指著看上去大概有五十串以上的炸肉串，對店員這麼說。

店員綁著頭帶，不讓頭髮掉進菜裡，從這點就看得出這人很有專業精神。

「咦？」

一個以開炸肉串攤子來說長得很清秀的型男，用狐疑的目光朝我看過來。

他有著可愛系小男生的外表，我還以為個性很溫和，但似乎是猜錯了。

「你在說什麼鬼話啊？」

「呃……我說，請把這攤子的炸肉串全部給我。」
「如果你是來鬧的，我希望你離開耶。這樣很礙眼。」
喂，你這店員一點也不陽光啊。
我可是客人啊。我都說要買了，你就賣給我嘛。不過也是啦，我也不是不明白為什麼對方會這麼想。
一個高中生突然跑來，要老闆把攤子上大量的炸肉串全都賣給他，也許就是會讓人這麼覺得。至於該不該直接就把這種想法說出來，就姑且先不討論。
「不，那個……我不是來鬧的。」
「所以，你是認真的？」
「……是。」
「這樣啊。對不起喔，我這樣懷疑你。常有人說我太容易把事情往不好的方向想。我有點在反省了耶。」
會好好賠罪，看來應該不是什麼壞人。
既然這樣，我也用該有的態度來應對吧。
「不會，沒事的。」
我笑咪咪地露出純情微笑。我徹底磨練的技能毫無破綻。
「一共六十串……應該是重炸一次比較好。可以請你等一下嗎？」

「啊！我有點趕時間，來得及嗎？晚點我有事情要辦！」
為小桑買了炸肉串去，結果小桑已經回家了！
要是搞成這種狀況，那可就連笑話都算不上。我用有點慌張的口氣這麼告訴店員。
「你趕時間啊？我明白了。那我也拚命努力一下吧。」
「謝謝你！」
等等，好快！這個人是怎樣？他用超快的速度在重炸炸肉串啊！
動作實在太快，看起來像是有好幾雙手。簡直像千手觀音。
「你等的時候可以吃吃看提供試吃的那些。反正全都賣給你以後，今天就要收攤了。」
「哇啊！謝謝你！」
他說話之餘，手卻不緩下來。這個人有本事，而且人還挺好的。
我正好也有點餓了，就老實地恭敬不如從命吧。
而且買的份全都要給小桑吃，我也就沒得吃。
我用牙籤叉起切成小塊的試吃用炸肉串，送進嘴裡。
嚼了幾下，發現比我想像中更好吃。
有這樣的滋味，相信小桑也會高興。
「好吃嗎？」
店員一邊炸著肉串，一邊用有點犀利的眼神看向我。

「是！非常好吃！」

「……這樣啊。」

奇怪？他怎麼啦？

我老實說出感想而且還是讚美，他的表情卻變得很沉痛啊。

「那為什麼會賣不出去呢？」

店員小聲說出喪氣話。

「生意不好嗎？」

「是啊。剛開店的時候還不錯，現在就一直都是赤字耶。順利的日子也頂多賣個十串，就今天來說，更是一串都賣不出去……這一年來，我的晚餐盡是剩下的炸肉串……我也在跟家人討論，說也許差不多是時候該抽手了。」

真的假的？這炸肉串明明這麼好吃，生意真是不好做啊。

「在味道方面我是有自信……不知道是哪裡不好耶。」

感覺挺嚴重的啊……

雖然話說回來，若要問我能做什麼，其實也很難做什麼。

「你怎麼想？你覺得我做的炸肉串有什麼問題嗎？」

喂，別問我好不好？我可是說過很好吃了。

要重建快要倒閉的店，請去找姓氏裡有山還是海的人。

「呃……也沒什麼……」

「沒有啊？明明沒有問題……為什麼賣不出去呢？」

不行。愈陷愈深了。頭頂上的烏雲有夠厚的。

啊，可是，慢著。我也有話可以說啊。雖然超級外行就是了……

「這不就表示即使炸肉串好吃，光靠這點還不夠嗎？」

「這是什麼意思啊？」

店員聽我說完，眼神猛然變尖銳。有點可怕。

「我只是舉例，不管菜多好吃，要是沒辦法讓客人知道菜好吃或是沒辦法讓客人產生興趣，不就沒有意義嗎？只要能讓客人吃到，客人也許就會懂，但要是沒能走到那一步，就沒有意義了。」

「……是喔？有點想聽下去耶。」

為什麼高姿態？算了，沒關係啦。

「所以你要不要試試看，想辦法讓客人產生興趣？例如印傳單之類的，或是做出造型不太常見的炸肉串……例如做成女性喜歡的愛心形狀等等。還有……這裡離棒球場很近，配合會來這裡的族群寫文宣，可能也是不錯的方法，像是『吃肉串！有勝算！』這樣……」

「原來如此。雖然你寫文宣的品味是毀滅性的糟糕，但這個意見可能值得參考耶。要改掉的並不是滋味，而是要配合客群來思考宣傳方式和促使他們來吃的動機……你就是這個意思吧？」

臭小子，你就不能少說一句難聽的話嗎？

不過也罷，有參考價值就好。而且他雖然嘴裡唸唸有詞，手卻沒停下來。

之後過了十分鐘左右，所有炸肉串都以裝在袋子裡的狀態出現了。

「久等了。全都在這裡了。」

「謝謝你！等等，我先付錢……」

要是捧起這麼大量的炸肉串，就會沒有手拿錢包。

所以我先付了錢，然後收下找的錢。

「哎呀呀呀，可得小心別掉下來了才行啊。」

這可比我預料中要多啊。要是不小心捧，難保不會製造出令人遺憾的結果。

「小心喔～」

這時店員的一張撲克臉上才終於露出微微的笑容。

我覺得他眉目清秀，所以面帶笑容應該會比較受顧客歡迎，但我不說。

「那我走了。」

「等一下，接過去就立刻相信別人是不好的。希望你可以好好數過，看數目跟你付的錢對不對得上耶。」

這個人還挺在意小地方的啊……也好啦，既然叫我數，我是會數啦……

「呃……好的！數目沒錯！」

「那就ＯＫ。還有一件事。」

還有啊？雖然還有點時間，可是我想盡快過去啊。

畢竟小桑有可能不想讓任何人看見他懊惱的模樣，結束後就匆忙回家去。

「多虧你，我本來打算放棄，但現在有精神了，還承蒙你提供了好主意。就是說啊，我的炸肉串絕對好吃。我要有自信，以後就要設想客層的需要，挑戰製作新產品與宣傳耶。」

「呃……總覺得要是失敗，我好像會有點為難……」

「這沒問題耶。你不就只是提供了建議嗎？要怎麼看待建議是我個人的問題，你應該不用在意耶。而且，就算失敗了，我對你的感謝也遠比失望強。畢竟你在這麼荒涼的店買了一大堆炸肉串，誇好吃，還給了建議。」

「是喔……不客氣。」

「所以，那個……可以告訴我你的名字嗎？哪天有機會，我想好好答謝你。」

他有點難為情，但絕對不把目光從我身上移開，率直地這麼說。

也好啦，只說名字應該無所謂吧。反正以後應該也不會有機會見到了。

「我的名字叫茅春。茅崎的『茅』，春夏秋冬的『春』，茅春。」

「我的名字叫——」

後記

有時候，錯的事情也會是對的。輕小說作家R（註：作者筆名「駱駝」的羅馬拼音為R開頭）

各位好，由我執筆的《喜歡本大爺的竟然就妳一個？》系列，其實從第一次開會時就好幾次發生某個問題。

那就是主要登場人物全都有綽號，大家都會搞錯本名的問題。

附帶一提，在值得紀念的第一次開會時，整個錯得離譜的人就是我。

我把名片直接收進名片盒之後，就光明正大地把如月雨露的名字拼音AMATUYU唸成了AMETUYU。

好死不死偏偏還是主角。這下自然搞得「不愧是作者大爺」這種誇獎的話滿天飛了。

我難為情得一瞬間苦思起來，心想現在動手的話應該還不會被發現，要不要乾脆就把主角名字的拼音改成這樣算了。

可是，承認自己的失敗才會有下一個階段，所以也就不改了。

而且從下一次會議起，就讓我更安心了。

畢竟每次每次，都有人弄錯角色的本名。
大家弄錯的次數多到讓我想問：你們到底要錯到什麼地步啊？
而我暗中在數，但特意不說。
為什麼不說？倒也不是在跟大家客氣。
理由是在於一位我的責任編輯。
他的名字是K。由於說出本名實在會過意不去，就稱他為K藤先生吧。
身為作者，當然應該保護責任編輯的名譽。請你儘管放心吧，近DO先生。
我本來一直雀躍地在等待機會，想說等到唯一總是確實說出正確本名的他弄錯，我就要說出來。
然而，可是，這位K藤先生不犯錯到了可怕的地步。
我甚至覺得你好歹也看一下大家臉色，差不多該弄錯了吧，混蛋近……啊不對，是CON藤先生！
即使我勉力想讓他弄錯，問他Cosmos（唯一沒有任何人弄錯）的本名，他還是一絲不苟地叫出「秋野櫻」。
而且還睜大眼睛納悶。真是惡劣。害我挫折感愈來愈重。
無可奈何之下，我以揮淚斬馬謖的沉痛心情說出了這件事。就只有這個人……就只有這個人都不弄錯！我用相對比較亢奮的聲調說了出來，這件事就此落幕。

時光流逝，到了二月。

第一集原稿順利送印，到了將近發售日的日子，大家一起聚餐。

當時幾經迂回曲折，聊到電影《古墓奇兵》的話題時，我們的 Mister No Mistake 也就是K先生說了：

「你們想想，安『裘』莉娜．裘莉不也是綁辮子嗎？」

這會是指第九集主角的名字嗎？

為什麼你就不願意在第一集開會時發揮這個才能呢……

我的挫折感再度不斷加重。

可是，當我問起翌檜的本名時，他就顯得動搖，所以我也就有點滿足。

以上就是《喜歡本大爺的竟然就妳一個？》第一集製作祕辛。

下次我打算談談由三名電擊小說大賞得獎作家（松村老師、三鏡老師、我）展開的火熱大綱製作祕辛。

那麼，該說謝辭與謝罪了。

拿起這本書的所有讀者，非常感謝各位！

在祈禱我的愛與大家的愛能有所共鳴之餘，我要送上卯足全副身心靈的感謝。

各位責任編輯，這次也真心感謝各位提供各式各樣的建議。

我還是老樣子，敘述容易走偏，各位願意費心矯止，實在是感激不盡。
ブリキ老師，這次真的非常謝謝您。
劇情中狂潮般地做球給您處理，真的是各種對不起！
校正員大人，非常感謝您指出漢字與平假名混用的情形。我實實在在就是個漸層混用男，今後將追求更進一步的混用……是，對不起，我得寸進尺了。以後我會小心。
中村真，謝謝你在津輕腔方面教了我很多。起初我還以為：「還不就是語尾改一下就好了？」感謝你對這樣的我提出高見，我會銘記在心。
另外，作品中翌檜所講的津輕腔是青森市附近的津輕腔，別的地方可能又會有不同的腔調，還請各位讀者諒解。
岩堀，對不起，上次的後記裡弄錯了你的姓。
不是IWABORI，而是IWAHORI吧。從下次起我會注意的，IWAPORI。
那麼最後我再回答一個問題，就要為這篇後記拉下布幕了。
我不是喜歡ＥＶＡ（新世紀福音戰士），而是喜歡所有的機器人（當然ＥＶＡ我也很愛就是了）。
來！上吧！讓我們一同歌詠青春！（註：《STAR DRIVER 銀河美少年》中主角的招牌台詞）
銀河微作者　駱駝（註：日文中「美」與「微」同音）

Kadokawa Light Novels

瓦爾哈拉的晚餐 1 待續

作者：三鏡一敏　插畫：ファルまろ

Kadokawa Fantastic Novels

第22屆電擊小說大賞「金賞」得獎作品！
以諸神的廚房為舞臺的「輕神話」奇幻作品登場！

每到晚餐時間，神界的廚房「瓦爾哈拉廚房」總是非常忙碌！我，會說話的山豬賽伊，受到奧丁陛下欽點前來這裡幫忙——作為被烹調的那一方就是了！唉，我是擁有不可思議的力量，能一天復活一次，但這樣就要我每天死掉變成餐點，不覺得太過分了嗎……

NT$180/HK$55

台灣角川

Kadokawa Light Novels

其實，原本只要那樣就好了

Kadokawa Fantastic Novels

作者：松村涼哉　插畫：竹岡美穗

被喚為惡魔的少年菅原拓娓娓道來，
揭露令眾人驚愕的真相——

某所國中的男學生K自殺身亡，留下一封遺書寫著「菅原拓是惡魔」。起因據說是包括K在內的四名學生受到菅原拓的霸凌。然而菅原拓在學校是最底層的不起眼學生，K則是深受愛戴的天才少年，加上霸凌事件沒有任何目擊者，使得整起案件疑點重重。

台灣角川

NT$180/HK55

Kadokawa Light Novels

為了拯救世界的那一天 -Qualidea Code- 1~2（完）

Kadokawa Fantastic Novels

作者：橘公司（Speakeasy） 插畫：はいむらきよたか

紫乃宮晶成了四天王之一，
反而讓他遭舞姬等人跟蹤？

紫乃的暗殺目標——天河舞姬突然造訪，還說想住在他的房間？神奈川有個傳統的「驚醒整人活動」，照慣例必須對新加入四天王的學生實施？因此，成為四天王之一的紫乃反而遭舞姬等人跟蹤？驚人的事實即將揭露——「紫乃……原來是女生喔？」

各 **NT$220/HK$68**

台灣角川

Kadokawa Light Novels

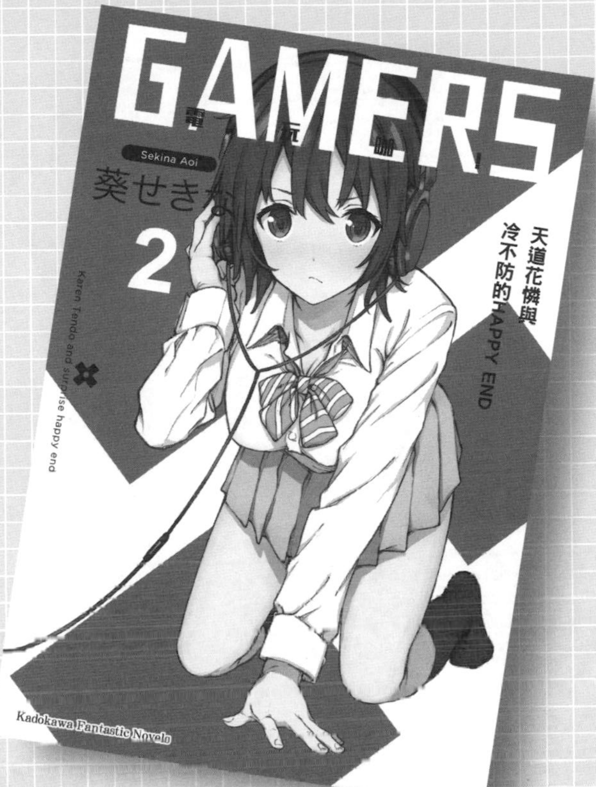

GAMERS電玩咖！ 1~2 待續

Kadokawa Fantastic Novels

作者：葵せさな　插畫：仙人掌

「綜合電玩遊戲大賽」突然揭幕！
玩家們兜不攏的狀況猛烈加速中！

景太拒絕美少女的入社邀請，還跟速配度爆表的電玩咖少女鬧翻。現充上原想讓雨野跟天道花憐湊成對就創立了電玩同好會，卻被女友懷疑外遇！而天道太在意雨野，出現了胸痛症狀。綜合電玩遊戲大賽突然舉辦，超能力終於覺醒！……在主角以外的人身上！

各 NT$200~240/HK$60~75

台灣角川

©KINUGOSHI DEGUCHI 2014

Kadokawa Light Novels

嗜虐之月

Kadokawa Fantastic Novels

作者：出口きぬごし　插畫：そりむらようじ

這名少女很危險！小心你的命〇子！
評價兩極的抖Ｓ問題作悄悄登場！

幸德秋良是一位罕見的美少女——前提是先撇開她那詭異外加令人退避三舍的個性不談。這是一篇描寫被她盯上的少年——久遠久重新取回他原以為毫無意義的人生之前那一段充滿了愛與感動，既猥褻又殘忍而且下流的故事……應該吧？

NT$190/HK$58

台灣角川

為美好的世界獻上祝福！
暁 なつめ
illustration 三嶋くろね
絶贊熱銷中!!
「你要不要去異世界？可以帶一樣喜歡的東西過去喔。」
「那……就妳吧。」
（廢柴）家裡蹲就此跟（沒用）女神轉生異世界去了……!?
即使組成一群問題勇者，還是要拯救這個美好世界！
廢柴系ww
最搞笑的異世界喜劇!!

為美好的世界獻上祝福！外傳
暁なつめ
illustration 三嶋くろね
為美好的世界獻上爆焰！
好評大熱賣!!
《為美好的世界獻上祝福！》惠惠視角的衍生外傳登場！
「——請妳教我剛才的魔法。」
在此即將揭開紅魔族首屈一指的天才魔法師惠惠
一日一爆裂的真相……！
小説家になろう
出自「成為小説家吧」網站

國家圖書館出版品預行編目資料

喜歡本大爺的竟然就妳一個? / 駱駝作；邱鍾仁譯
-- 初版 -- 臺北市：臺灣角川, 2016.11-
冊；　公分
譯自：俺を好きなのはお前だけかよ
ISBN 978-986-473-557-0(第2冊：平裝)

861.57　　106000990

Kadokawa
Fantastic
Novels

喜歡本大爺的竟然就妳一個？ 2

（原著名：俺を好きなのはお前だけかよ 2）

2017年3月20日 初版第1刷發行
2019年12月18日 初版第2刷發行

作　　者：駱駝
插　　畫：ブリキ
日版設計：伸童舎
譯　　者：邱鍾仁

發 行 人：岩崎剛人
總 經 理：楊淑媄
資深總監：許嘉鴻
總 編 輯：蔡佩芬
編　　輯：孫千棻
美術設計：黃永漢
印　　務：李明修（主任）、張加恩（主任）、張凱棋

發 行 所：台灣角川股份有限公司
地　　址：105台北市光復北路11巷44號5樓
電　　話：（02）2747-2433
傳　　真：（02）2747-2558
網　　址：http://www.kadokawa.com.tw
劃撥帳戶：台灣角川股份有限公司
劃撥帳號：19487412
法律顧問：有澤法律事務所
製　　版：尚騰印刷事業有限公司
ISBN：978-986-473-557-0